동화였을까, 그 봄날이

동화였을까, 그 봄날이

1판 1쇄 발행 | 2021년 12월 15일

지은이 | 김정희
발행인 | 이선우
펴낸곳 | 도서출판 선우미디어
        등록 | 1997. 8. 7 제305-2014-000020
        02643 서울시 동대문구 장한로12길 40, 101동 203호.
        ☎ 2272-3351, 3352 팩스: 2272-5540
        sunwoome@hanmail.net
        Printed in Korea ⓒ 2021. 김정희

값 13,000원

※ 잘못된 책은 바꿔 드립니다.
※ 저자와 협의하여 인지 생략합니다.

ISBN 978-89-5658-685-4 03810

동화였을까, 그 봄날이

김정희 에세이

선우미디어 sunwoomedia

머리말

오랫동안 글쓰기에 입문하고픈 생각을 많이 했다.

유년 시절 고향 집 이야기들이 알알이 떠올랐다. 잊고 살았던 부모님에 대한 죄송함, 그리움과 함께.

우리 집에는 그리움이 묻어나는 옛 물건들이 자리하고 있다. 어머니가 물려주신 반닫이, 싱가 미싱, 금전 출납부….

집안의 대소사로 힘든 일이 있을 때면 툇마루에 우두커니 앉아 호두알을 굴리며 깊은 생각에 잠기신 아버지 뒷모습, 추운 겨울 뒷마당에 피어있는 선홍빛 동백꽃….

고향 집 행랑채 사랑방 옆 외양간, 밭일하고 돌아와 땀으로 범벅이 된 채 퉁퉁 부은 두 발로 물만 먹던 소, 어미소와 이별하는 송아지의 울음소리, 반질반질한 소 등의 촉감까지도.

이제라도 글로 쓸 수 있어서 행복하다.

문학에 입문하면서 재능이 받쳐주지 못함에 망설임도 많았다. 그럼에도 용기를 내보고자 한다.

독자들의 따뜻한 위로와 격려로 다시 만나 뵙기를 희망한다.

2021년 겨울
김정희

차례

머리말 … 4

2부 칠거리 다방

3부 더 센 약 주세요

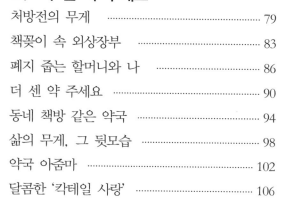

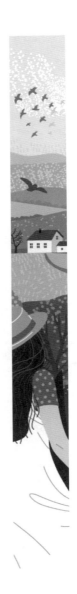

4부 쓸쓸함에 대하여

5부 시츄와 까망이

6부 모두들 잘 참고 있구나

7부 살다 보면

chapter
1

소리에
마음을 싣고

잿물로 삶아
햇볕에 말리기를 반복했던 광목천.
딸의 혼수 이불을 만들 광목을
또닥또닥 다듬는 어머니의 다듬이 소리를
지금 어디에서 들을 수 있을까.
잊혀진 그리움의 소리를.
- 본문 중에서

백색전화

화장대 구석진 곳에 눈길도 가지 않는 유선 전화기가 있다. 핸드폰에 밀려 무용지물이 된 지 오래다. 집 전화번호를 물어보는 것이 이상한 일이 되었을 만큼 이제 유선 전화기는 역사 속 물건이 되었다.

70년대에는 백색전화가 있었다. 전화 회선이 부족해 가입이 어려울 때 사용권을 남에게 넘겨줄 수 있는 개인 소유 전화로, 부의 상징으로 여겨질 만큼 희소성이 있었다. 2백만 원대로 당시 웬만한 서민 주택 한 채 값과 맞먹을 정도였다. 전화 가입 접수증을 끊고 청약 순위를 받는 과정이 지금의 아파트 분양받는 것과 비견할 만했다. 전화국 앞에 새벽부터 늘어선 긴 줄은 그야말로 진풍경이었다. 반면 청색전화는 1970년 9월 이후 전화 관서로부터 승낙을 받아 가입하던 전화로 가입원장이 청색으로 되어 있고 사용권을 남에게 양도할 수 없는 전화였다.

시골집에는 백색전화가 있었다. 전화번호는 15번, 머리에 쏙 박히는 번호였다. "거기가 장흥읍 동동리 15번 맞죠?" 탱자나무 울타리 뒷집, 감나무 옆집, 건너편 싸리나무집, 두 번째 골목 대나무집 등, 매일 얼굴 마주하는 동네 어르신들은 동네에 딱 한 대 있는 우리 집 전화로 가족, 지인들과 소식을 주고받았다. 가까운 거리는 울타리나 담 너머로 고개를 내밀어 "누구 엄마, ~댁 전화 왔어요." 하면 되었지만, 대부분은 집에서 한참 달려가야 하는, 10분 이상 떨어진 거리에 있었다. 바쁠 때 걸려온 부탁 전화에 짜증이 날 때도 있지만, 모두 끈끈한 정으로 맺어진 이웃사촌이었다. '한강의 기적'을 이루기 위해 젊은이들이 너도나도 무작정 상경했을 때라 대부분의 전화 내용은 시골에 남겨진 연로한 부모님의 안부를 묻는 것이었다. 돈을 송금했다는 효심 어린 얘기에 다 함께 박수 치고, 건강이 나빠져 더 이상 일을 못 하게 될 것 같다는 절망적인 소식을 접할 때는 모두가 서러운 표정으로 어쩔 줄 몰라 했다. 기쁨과 슬픔은 늘 공존한다는 것을 어릴 때부터 전화기를 통해 알게 되었다.

대학교 기숙사 시절, 급한 일로 시골집에 전화할 일이 생기면, 그때는 아직 장거리 시외 전화가 개통되지 않았을 때라, 전화국을 가야만 통신이 가능했다. 전화를 걸기 위해 소공동에 있는 서울 중앙우체국까지 가야 했는데 기숙사 언덕배기를 내려와 학교 정문 앞까지 한참을 걸어 나온 후 다시 육교를 지나 건너편에서 시내버스를 타야 했다. 기숙사를 출발해 두 시간이 넘게 걸려 중앙우체국에 도착한 후, 창구에 전화번호를 신청해 놓고 한참을 기다리면 안내원이 "몇 번 전화기 연결됐어요." 한다. 5월에 열리는 대학 축제에 어렵게 티켓을 구해 처음 참여하는데, 마땅히 입을 옷이 없어 돈이 급히 필요하다는 내용이었다. 부모님께 죄송했지만, 대학 축제의 낭만을 한 번은 꼭 누리고 싶었다. 지금은 대학 축제가 큰 의미가 없지만, 예전에는 큰 행사여서 크고 화려하고 성대하게 치러졌다.

요즘은 스마트폰 하나로 일상생활의 모든 편의를 누릴 수 있다. 지구 반대편에서도 서로 간에 얼굴을 보며 통화할 수 있으니 참 좋은 세상이다. 하지만 모든 것이 속도전으로만 치닫고 있는 것 같아 안타까운 마음도 든다.

축음기, 태엽 벽시계, 금성 라디오, 다이얼식 전화기. 느릿느릿 돌아가는 세상, 조금은 불편했지만 정겹고 포근했던 내 유년 시절이 그립다.

*백색전화: 회선이 부족하여 전화 가입이 어려울 때 사용권을 남에
게 넘겨줄 수 있었던 가입전화.

*청색전화: 사용권을 남에게 양도할 수 없는 전화, 전화 관서로부
터 승낙을 받아 가입하던 전화.

2020. 8.

제니스 라디오

어린 시절, 안방 반닫이 위에 묵직한 검은 상자, 미제 '제니스' 라디오가 있었다. 처음 라디오를 듣는 순간, 상자 속에 예쁜 여자와 남자가 들어 있어 스피커를 통해 말하는 줄 알았다. 진실을 알고 난 뒤 허망했다. 프로그램도 단조로워 아침, 정오, 저녁 뉴스가 정 시간대에 방송되고 그 외 시사 교양 프로와 드라마로 구성되었다. 아버지는 정규 뉴스를 매 시간마다 들으셨고 어머니는 낮시간에 방송되는 드라마를 즐겨 들으셨다. '강화도령'이라는 연속극이 어찌나 인기가 좋았던지 동네 아줌마들은 밭일하다 말고 수건을 둘러쓴 채 제니스 라디오 앞에 모여 앉았다. 진공관식 라디오로 주파수 잡기도 어렵고 잡음도 많았다. '강화도령'은 강화도에 5년 동안 유배되어 농사일하다 서울로 올라와 농부에서 하루아침에 왕이 된 '조선 제25대 왕' 철종의 이야기이다. 특히 그가 시골에서 만난 처녀 낭이와의 사랑 이야기에 아줌마들은 시간 가는 줄 몰랐다. 주제가를 부른 박재란의 꾀꼬리 같은 목소리에 흠뻑 빠져 가사 뜻도 모른 채 따라 부르던 기억이 있다.

일할 때나 쉴 때 라디오와 함께하던 시절, 최장수 프로그램으로 '김삿갓 북한 방랑기'가 생각난다. 뉴스 시간 전 5분간 매일 방송되었던, '어쩌다 북녘땅은 핏빛으로 물들었나'란 인상적인 멘트가 지금도 귓가에 생생하다. 공산 치하에 시달리던 북한 동포의 참상을 실존 인물이었던 풍류 시인 김삿갓을 통해 단편적으로 보여 주며 그가 하는 말 한마디 한마디가 청취자들의 마음을 후련하게 해 주었다. 또 가수 최희준 노래 '하숙생'이 생각난다. 지금은 고인이 되었지만, 60년대 흔치 않았던 학사 출신 엘리트 가수로 그 시절 트로트 일색이었던 가요계에 들어보지 못한 특유의 허스키한 저음에 사람들은 매료되었다. 인생의 무상함을 느끼며 세상살이에 지친 사람들에게 많은 위로가 되었던 노래이기도 했다.

고등학교 시절, MBC 라디오 프로그램 '별이 빛나는 밤에'(별밤)를 하루도 빠지지 않고 청취했다. 늦은 시간, 시험공부에 지칠 때, 처음 흘러나오는 '프랑크 푸루셀' 악단의 '멜시 쉐리'(Merci Cherie)의 시그널 음악만으로도 위로를 받던 시절의 기억이 떠오른다. 처음에 아무 생각 없이 들었다가 누군가의 사연에 공감하게 되고 어떤 음악 때문에 마음을 빼앗겨 버리는 라디오의 매력에 풍덩 빠졌다. 지금은 고인이 된 인기 DJ 이종환 씨가 구수한 중저음으로 사연을 읽어 주는 맘씨 좋은 아저씨 같아 올드팬들에게는 학창 시절의 향수로 남는다. 뒤를 이어 별밤지기 가수 이문세의 '별밤'을 끝으로 라디오는 TV에 밀려 기억에서 차츰 멀어져 갔다.

어느 날 유튜브로 음악 감상을 하는데 '프랑크 푸루셀' 악단이 눈에 들어왔다. 아! 하는 탄식과 함께 검색해 보니, 지금도 MBC에서 '별밤'이 진행되고 있었다. 인터넷이 아닌 엽서나 편지를 통한 사연을, 신청한 노래와 함께 50년 동안 꾸준히 방송할 수 있다는 건 정말 대단한 일인 것 같다.

추억 속에 늘 아련하게 자리 잡은 너무나 청아하고 몽환적인 시그널 음악곡 '메르시 쉐리'를 들으며 학창 시절의 추억을 떠올린다.

가슴 뛰는 설렘을 느끼며.

2020.

앗 뜨거워!

옛날에는 숯불 다리미가 있었다. 주철로 만들어진, 지금의 전기다리미 같은 용도다. 동그란 모양에 바닥은 매끄럽고 숯불을 담는 곳은 오목하다. 한 뼘쯤 되는 나무 손잡이가 있고 그 끝에는 작은 고리가 달려있다. 풍로에 숯불을 벌겋게 피워 다리미에 옮겨 담고 젖은 수건과 다리미 받침, 부채를 옆에 놓고 다림질을 시작한다. 너무 센 불꽃에 옷감이 탈 수 있어 다리미를 젖은 수건에 올려놓으면 '지지직' 소리와 함께 김이 올라오면서 온도를 조절한다. 두 사람이 마주 앉아 다림질감을 밀었다 당겼다 하며 문질러서 다린다. 저고리의 섶이나 깃, 동정, 솔기를 손질할 때는 인두가 식지 않게 화롯불에 묻어 놓고 달구어가며 사용했다. 숯불 다리미는 없어서는 안 될 생활필수품이었다.

어머니는 주로 한가한 저녁 시간을 이용하여 대청마루에 넓게 자리를 잡고 다리미질을 하신다. 작은 옷가지는 혼자서도 다릴 수 있지만, 이불 홑청 같은 큰 것은 잡아주는 사람이 있어야 한다. 그럴 때면 어머니는 동생 말고 조심성 있는 나를 자리에 앉혔다.

특히 여름철에는 모시나 삼베옷이 많았는데 다림질이 잘 돼야 옷이 맵시가 나고 품위가 있어 보였다. 더운 여름 저녁 시간, 뜨거운 불 앞에 앉아 있기란 초등학생인 나에겐 인내심이 없으면 안 될 힘든 일이었다. 어머니는 벌건 숯불이 담긴 다리미를 잡고 밀었다 당겼다 하면서 구김살을 펴나갔다. 다리미가 내 쪽으로 오면 불기운이 치밀어 화끈거려 겁도 났다. 잡아주는 사람이 팽팽하게 잘 잡아줘야 하는데 졸음이 몰려와 꾸벅 졸다, 불똥이 떨어지고, 재가 쏟아져 옷감을 태우기도 했다. 어머니는 살이라도 데었으면 어쩔뻔했냐고 하시며 그 후로는 낮에 짬을 내, 외할머니와 이웃 아줌마들에게 도움을 청했다. 찌는 듯한 불볕더위에 어머니의 숯불 다림질은 진땀 나고 고통스러웠다. 등줄기로, 가슴으로 땀이 비 오듯 흘러내렸다.

다듬이질, 맷돌질, 다림질 등 이 모든 것들이 손으로 하는 작업이어서 힘들었지만, 가족 간에, 이웃 간에 정이 넘쳤다.

지금은 박물관에서나 볼 수 있는 숯불 다리미. 너무나 뜨겁고

힘들었던 숯불 다리미는 어머니의 힘들고 고된 생활과 땀방울
이 떠오르는 그립고 애처로운 가재도구다.

뻥이요~~뻥!

오일장이 서는 날엔 아침부터 집안이 분주하다. 장에 일찍 가야만 신선한 물건들을 살 수 있기 때문이다. 집에서 골목을 나와 한참 내려가면 칠거리를 만난다. 길이 일곱 개로 나 있어 붙여진 이름이다. 칠거리에서는 장흥 어디라도 갈 수 있다. 한가운데 장흥 읍사무소가 있고 오일장이 열리는 장터로 가는 길과 시외버스 터미널 (일명 차부)이 있어 항상 사람들로 북적거리는 곳이다.

정신없이 시끄러운 장터에 도착하면 어머니는 물건을 바로 사지 않고 쭉 한 번 둘러보고 가격과 상품 질을 비교한 후 흥정하신다. 전남 장흥은 남해 청정지역으로 장이 서는 날엔 자연산 멸치, 새우 등 각종 건어물과 장흥 특산물인 키조개, 석화, 바지

락 등 풍부한 해산물이 쏟아져 나온다. 그리고 할머니들이 직접 만든 손두부, 조청, 김부각 등 헤아릴 수 없이 많은 향토 음식이 가득하다.

어머니는 아버지가 좋아하는 생조기와 외할머니가 좋아하는 간자미, 그리고 장흥 특산물인 매생이를 사셨다. 물건 사는 것보다 장터에서 만난 사람들과 이야기하느라 더 많은 시간을 보낸 어머니 때문에 다리도 아프고 짜증이 났다. 뽀로통하게 서 있는 나를 보더니 얼른 국숫집으로 데려갔다. 전라도에서만 먹는 달콤하고 시원한 설탕 국수는 얼음을 동동 띄운 시원한 물에 얇은 소면을 가득 말고 그 위에 설탕을 넉넉히 올려 깍두기, 열무김치를 곁들여서 먹는다. 달콤한 설탕 맛으로 축 처진 어깨에 힘이 솟았다.

장보기가 끝날 때쯤, 어머니는 장터에서 조금 떨어진, 후미진 곳에서 쑥과 달래, 냉이, 미나리를 펼쳐놓고 꾸벅꾸벅 졸고 있는 할머니를 깨워 나물을 떨이하셨다. 왜 힘들게 이곳 장터까지 나오시냐고 묻자 할머니는 집에 있으면 심심해 사람 구경하러 나왔다고 하신다. 다 팔아줘 집에 일찍 들어갈 수 있어 고맙다고 하며 옆에 따로 가져온 나물을 한 움큼 담아 주신다. 어머니는 점심도 안 하셨을 거라며 호떡 한 봉지를 사 할머니께 드리고 얼른 빠져나오신다. 힘들게 나물을 캐 새벽 버스를 타고 이곳 장터 끝자락에서 장사하고 있는 할머니가 안쓰러워, 나물을 다 팔고 가벼운 마음으로 집으로 가시기를 바라는 어머니의 따뜻한 마음을 어린 나는 몰랐다.

장터는 물건을 사는 것도 중요하지만 구경하는 재미도 쏠쏠하다. 장터 한 곳에 뻥튀기 장사가 '뻥이요' 하면 옥수수, 쌀, 보리 등을 가지고 와 줄 서서 기다리던 사람들이 모두 귀를 막는다. 기계 뚜껑을 열자, '펑' 하고 귀청을 울리는 소리와 함께 주변은 뜨거운 열기로 후끈해진다. 주워 먹는 재미도 있어 아이들은 뻥튀기 장사 옆을 떠나지 않았다. 무엇이든 뻥튀기 기계에 들어가면 마법처럼 크고 푸짐하게 변신시켜 주는 따뜻한 소통이었다.

뻥튀기 기계 맞은편에는 커다란 나무통에 냉차를 파는 곳이 있었다. 더운 여름, 보리차에 당원과 설탕, 얼음과 수박을 몇 쪽 넣은 냉차 한 잔을 마시면 머리가 아플 정도로 시원했다. 아이들은 더운 여름날 병을 주워 줄줄이 따라다니며 아이스께끼에 열광했다. 나중에 나온 삼강 하드는 아이스께끼 하고는 비교가 안 될 정도로 맛나고 입에서 살살 녹았다.

지금은 현대화에 밀려 사라져 가는 장터에 대한 아쉬움. 옛날 부모님들은 오일장을 기다려 과일과 곡식을 내다 팔아 옷가지와 생선을 사고, 명절에는 차례 용품과 아이들 설빔을 장만하셨다. 주름진 할머니의 손길로 손자들의 용돈을 마련하는 곳도 장터였다.

시골 오일장, 우리 할머니와 어머니가 아직도 그곳에 계신다.

2020.

톡 쏘는 소화제

겨울에는 게으름을 피우며 간단한 '아점'을 먹을 때가 많다. 오후 두세 시가 되면 배가 허전해 간식 생각이 난다. 그럴 때면 고구마를 즐겨 먹는데 달고 맛있는 데다, 가공식품이 아니라서 좋다. 한참 먹다 보면 퍽퍽함에 꼭 생각나는 것이 있다.

동치미! 간혹 마트에 가서 포장된 동치미를 사와 먹을 때도 있지만 간도 밋밋하고, 톡 쏘는 맛도 없어 항상 아쉬운 생각이 들었다. 어렸을 적, 추운 겨울날 아침, 어머니가 항아리에서 꺼낸 시원한 동치미의 개운함과 사이다같이 톡 쏘는 맛. 식사 전 동치미 국물 한 번 떠먹으면 없던 입맛이 살아나 밥 한 그릇을 다 비우기도 했다.

입동이 되면 어머니는 김장을 하시는데 200포기 정도의 엄청난 양이었다. 동네 아줌마들과 함께 이틀 만에 김장을 끝내신 다음, 바로 동치미를 담그신다. 어머니는 동치미만큼은 일체 남의 손을 빌리지 않고 무와 배추 고르기부터 시작해서 배추 속에 넣을 각종 재료와 양념들을 손수 간을 보고 소금물의 농도를 맞추기까지 모든 과정을 혼자 하셨다. 아무런 감미료 없이 자연 재료들로 소금만 넣어 천연의 단맛과 톡 쏘는 맛을 내는 '엄마표' 동치미에는 오랜 세월 담아 오신 어머니만의 기막힌 '노하우'가 있었다. 배추와 무를 항아리에 차곡차곡 얹고 마지막에 소금물을 넣는데 이 소금과 물의 황금 비율이 가장 중요한 포인트였다. 소금과 물의 비율은 누구에게 설명할 수도 없고 어머니의 손끝에서 결정된 것이라서 다른 사람의 손을 빌리면 실패한다고 하셨다. 소금물의 농도에 따라 국물 맛이 쓰기도 하고, 너무 빨리 익어서 짓물러지고 맛도 시큼해진다고 한다.

그 시절에는 요리책도 없어 책을 보고 연구한 것도 아닐 테니, 그저 탄성만 나올 뿐이었다. 어머니는 우리 집 겨울철 양식이라며 큰 항아리 두 개를 가득 채워서 하나는 장독대에 놔두고 하나는 땅속에 묻으셨다.

동치미를 다 끝낸 어머니는 며칠 몸살을 앓으셨다. 뽀얀 백김치 국물이 잘 우러나서 익으면 그때부터 퍼다 먹기 시작한다. 농사일이 없는 겨울이면 사랑방 일꾼들이 매일 저녁 동치미 한

사발 갖다 놓고 마시면서 새끼도 꼬고 화투도 치면서 지루한 겨울밤을 보냈다.

겨울에 먹던 동치미 무는 봄이 되면 덜 먹게 된다. 3월이면 파릇한 봄나물에 밀려 밥상에서 멀어지게 된다. 어머니는 동치미 무를 찬물에 담가 우려낸다. 무를 잘게 썰어 별다른 재료 없이 끓여내는 동치미 된장국은 간이 밴 무의 구수하고 담백한 맛이 일품이었다. 동치미 배추는 먼저 떨어지고 무만 남게 되니 어머니는 국도 끓이고 잘게 썰어서 고춧가루 양념한 무나물도 자주 밥상에 올렸다.

장독에서 갓 꺼낸 김장배추와 동치미, 그리고 구수한 된장국, 마른 나물볶음과 해조류가 겨울철 주된 반찬이었다. 모두가 가공되지 않는 식품과 자연 발효된 음식들로 차려진 건강한 밥상으로 감기 한번 앓지 않고 추운 겨울을 잘 이겨냈다.

세월이 흘러 어머니가 병상에 누워 계실 때 반찬으로 나오는 동치미를 맛보신 어머니는 냉장고에서 익힌 동치미 맛이 이런 맛이구나 하셨다. 어머니는 젊은 날을 떠올리는지 한참 생각에 잠기신다. 오랜 세월, 많은 식솔 거느리며 힘들었을 우리 어머니, 겨우내 맛있게 떠먹은 동치미 국물은 어머니의 헌신적인 가족 사랑이었다.

결혼해서 지금까지 나는 동치미를 담가본 적이 없다. 게으름

때문이기도 하고 아파트 베란다나 냉장고에서 익힌 동치미 맛
은 그저 그런 맛이려니 생각한다.

　나에게 동치미는 고향이고, 일로 힘든 보고 싶은 어머니의 얼
굴이다.

2020. 1.

동화였을까, 그 봄날이

　지금도 그곳에는 그녀의 유년 시절 추억을 고스란히 담고 있는 고향 집이 있다. 남쪽 바닷가에 인접한 탐진강이 흐르는 시골 마을. 정남진 토요시장이 열리고 삼합 음식(소고기 키조개 표고버섯)이 침을 삼키게 하는 전남 장흥, 그녀가 태어나고 부모님이 사셨던 집이 있는 곳이다. 오랜 시간이 흘러 집의 형태와 구조는 많이 변했지만, 그 자리에 아직도 남아 있는 것에 그녀는 큰 위로를 받는다.

　그녀의 집. 행랑채와 같은 높이로 지어진 평대문에는 무쇠로 만든 큼직한 문고리가 달려있고 어른 손 크기의 고리 손잡이가 있다. 행랑채에는 일꾼들이 기거하는 사랑방과 외양간, 농기구 보관 창고가 있다. 사랑방은 동네 일꾼들 30여 명이 한꺼번에 모여도 부족하지 않은 커다란 방이다. 행랑채를 지나 넓은 안마당 옆에는 추수한 곡식을 임시 보관하는, 짚을 엮어 항아리 모양으로 둥글게 만든 나락뒤주가 자리하고 있다. 뒤주의 높이가 엄청나서 도정하기 위해 뒤주의 문을 열 때는 사다리를 이용했다. 필요할 때 꺼내어 정미소에 가서 도정을 마친 후 쌀가마니에 넣어 오동나무로 짠 쌀 창고에 보관한다.

앞마당을 지나 다섯 개의 돌계단을 오르면 긴 툇마루가 딸린 안채로 연결된다. 안채에는 안방과 작은방 2개, 부엌과 연결된 방, 그리고 군불 지피는 방이 뒤쪽에 있다. 안방과 작은 방 사이에 시원한 곳간채가 있어 오래 저장해야 할 음식이나 여러 가지 생활용품을 보관하였다. 바닥이 나무로 되어 있고 앞뒤로 문이 있어서 통풍이 잘되어 특히 여름에는 아주 시원했다. 곳간채에는 쌀뒤주가 있고 맛있는 간식거리가 있어 그녀와 동생들이 제일 많이 드나들던 곳이다

뒷마당에는 장독대와 슬레이트 지붕으로 된 간이 부엌이 있다. 모내기 철이나 추수철에는 동네 아줌마들이 아침 일찍부터 뒷마당에 모여 큰 무쇠 가마솥 두 개에 번갈아 가며 불을 지펴 밥 짓고 국 끓이고 국수도 삶아 맛있는 새참을 준비하느라 눈코 뜰 새 없이 바빴다.

일 년에 두 차례 바쁜 농번기에는 두 개의 가마솥에 보통 50

인분 정도의 엄청난 양의 밥을 지었다. 뒷마당을 지나 열 개의 돌계단을 오르면 3층 마당과 4층 마당으로 연결된다. 3층 마당은 나무 땔감을 저장하는 곳과 옆에 큰 닭장이 있어 많은 닭이 마음껏 뛰어다니며 매일 10개 이상의 황금알을 선물해준다. 지금의 계란과는 비교가 안 되는 고소한 영양의 보고였다. 텃밭이 있는 4층 마당은 동백나무가 에워싸고 있다. 추운 겨울을 이겨내고 만개한 동백꽃은 새빨간 꽃잎을 그대로 간직한 채 마당에 툭 하고 떨어진다. 동백꽃의 처연하고 아름다운 자태는 한 달 내내 온 마당을 가득 채웠다. 덜 시든 꽃송이는 아까워 가지 위에 올려놓기도 했다.

4층까지 이어진 마당이 있는 큰 집이라서 초등학교 시절, 학교에서 봄 가을 두 번, 같은 반 친구들이 담임선생님 인솔하에 집으로 소풍을 왔다. 친구들은 4층 마당까지 뛰어다니며 보물찾기, 술래잡기를 하며 즐거워했다. 소풍 날 어머니가 만들어준 김밥 도시락은 아이들에겐 그저 한 끼 때우는 밥이 아니었다. 철이 들며, 매일 해도 해도 끝이 없는 살림을 하면서 소풍날 김밥 싸느라 힘들었을 어머니를 생각한다. 지금도 '소풍'이란 단어에는 4층 마당이 있는 집으로 소풍을 온 반 친구들과 담임선생님을 대접하시느라 힘드셨을, 땀방울 맺힌 그립고 그리운 어머니 얼굴이 함께 떠오른다.

어렸을 때 그녀는 반지를 너무 좋아해 일손이 바쁠 때도 작은 일꾼인 세종 삼촌에게 열 손가락에 낄 철사 반지를 만들어 달라며 떼를 썼다. 세종 삼촌은 바쁜 중에도 펜치와 가위를 이용해 가는 철사를 적당히 꼬아서 여러 가지 모양의 예쁜 꽃반지를 만들어주었다. 왼손에는 철사 꽃반지와 오른손에는 클로버 꽃잎을 엮어 만든 풀꽃반지를 끼고 신이 나서 돌아다녔다. 아침에 일어나 시들은 풀꽃반지를 보며 속이 상하기도 했다. 어느 날은 손가락에 낀 반지를 빼지도 않고 그대로 잠이 들어 아침에 일어나서는 손가락이 퉁퉁 부어 반지가 빠지지 않아 온 식구들을 놀라게도 했다. 따뜻한 비눗물에 손을 담가 간신히 반지를 뺐지만, 아버지한테 여러 번 회초리로 종아리를 맞으면서도 그녀의 고집은 꺾이지 않았다. 어른이 되면 누구보다 반지를 많이 끼고 다닐 거라 상상했던 식구들은 결혼해서 장신구 하나 하지 않는 그녀를 보며 정말 신기해했다.

농사일이 잠시 한가해진 틈을 타 세종 삼촌이 어미 소를 몰고 들에 나가면 그녀는 삼촌을 졸라 따라 나선다. 나무 밑에 어미 소를 메어 풀을 먹이면 그녀는 그늘에 앉아 어미 소의 착하고 선한 눈망울과 한없는 교감을 하고, 반질반질한 등을 어루만지며 시간 가는 줄 몰랐다. 어미 소는 그녀에게 벗이요 가족이었다. 형제 중에서 유달리 그녀 혼자만 소를 좋아하는 걸 보고 어머니는 사내도 아닌 계집애가 좀 특이하다고 하셨다. 세종 삼촌이 꼴망태에 풀을 가득 채운 후 잠깐 짬을 내어 들에서 삐비를 한 움큼 뽑아준다. 삐비는 풀밭, 산기슭에 무리 지어 자라고 5, 6월에 줄기 끝에 벼와 비슷한 줄기 모양의 잎 사이에서 나온 꽃이삭을, 꽃이 피기 직전에 먹는데 씹으면 달착지근한 단물이 입 안 가득 차, 껌 대용으로 먹기도 하며 삼키면 배도 불러 간식거리도 되었다.

열여섯 살의 어린 나이에 작은 일꾼으로 들어온 세종 삼촌은 어찌나 부지런하고 예의 바르며 성실했던지 동네에서도 소문이 자자했다. 아버지가 자식처럼 아끼던 일꾼이었다. 손재주가 뛰어나 주위에서는 시골에서 농사일만 배우기는 너무 아깝다며 빨리 재단 일을 배워 양복 재단사가 되어보라고 권유를 많이 했다. 아버지는 일 잘하는 세종 삼촌을 붙잡고는 싶으셨지만, 젊은이의 앞날을 생각해 서울 올라가 빨리 기술을 배워야 한다며 적극적으로 격려해 주셨다. 잠깐의 일꾼 자리를 끝내고 서울로 올라간 세종 삼촌은 청계천에서 재단 견습공을 거쳐 각고의 고생 끝에 훗날 서울 한복판 소공동에서도 이름난 '세종양복점' 주인이 되었다. 오빠와 그녀의 남편 결혼식 예복도 손수 만들어주셨다. 아쉬운 것은 건강이 좋지 않아 일찍 세상을 떠난 일이다.

지금 생각해보면 너무 일찍 철이 든 삼촌은, 조르고 떼만 쓰는 그녀를 어떻게 생각했을까? 살아가며 지치고 힘들 때, 그녀의 어린 시절 열 손가락에 낄 꽃반지를 셀 수 없이 만들어주면서도, 싫은 내색 한 번 하지 않았던 삼촌의 인내심과 성실함을 떠올리며 마음을 추스르기도 했다.

봄, 가을 두 차례 오빠 대학 등록금 낼 철이 되면 앞마당 곡식 창고의 문이 열리며 일꾼들이 큰 수레에 쌀가마를 한참 나르곤 했다. 창고 안은 이듬해 추수할 때까지 식구들 양식 말고는 텅 비어있었다.

그녀와 동생들이 대학생이 되어 서울로 올라오면서 외양간에 있는 소들도 한둘씩 사라져 갔다. 그녀가 제일 좋아했던 열 살 넘은 '소'도 힘든 농사일을 온몸으로 다 해내고 나이 들어 쇠약해져 간간이 밭일만 하다 어느 날 팔려나갔다. 그녀는 한참 동안 소고기를 먹지 못했다.

지금은 농기구의 발달로 시골에서 소가 밭일하는 것을 볼 수 없고 외양간은 사라진 지 오래다. 사라져 가는 것에 대해 아쉬움이 들고 '소'라는 말만 들어도 고향의 모습이 떠올라 그리움이 물밀듯 몰려온다.

2018. 12.

체온을 나누며

눈에 익숙한 풍경이다.

유년 시절의 그리움이 물밀듯 밀려온다.

창문으로 보이는 산책로 쪽에서 갓난아기 울음소리가 들렸다. 할머니가 어린 손주를 재우려고 애를 쓰다 유모차에 있던 포대기를 둘러업자, 칭얼대던 갓난아기는 금방 울음을 뚝 그치고 스르르 잠이 든다. 포대기, 우리 어린 시절에만 사용한 줄 알았는데 너무나 반가워 눈을 뗄 수 없다. 길이가 길지 않고 아가의 다리를 덮지 않아 걷기에도 편해 보이는, 시원한 망사 천으로 만든 여름용 포대기였다. 할머니는 천천히 산책로를 왔다 갔다 하며 잠든 손주 엉덩이를 몇 번 토닥이다, 편안한 얼굴로 집에 들어간다.

동생들이 어릴 때, 어머니는 거의 매일 외할머니와 번갈아 가며 포대기에 업어 아기를 달래셨다. 아기 업을 때 '어부 바~' 하고 업고 나서 재울 때 '자장자장 우리 아가. 잘도 잔다 우리 아기…'를 반복하면 칭얼대던 아기는 어느새 곤히 잠이 든다. 정말 포대기가 요술 담요 같았다. 초등학교 시절 어머니가 집에 안 계시고 동생은 잠이 깨어 어머니를 찾으면 나는 얼른 포대기로 동생을 업었다. 포대기에 업기는 생각보다 어려웠다. 거울을 보니 아기가 등 뒤로 너무 올라가 있고, 조금 내리다 보니 거의 엉덩이까지 내려와 있었다. 아기가 흘러내릴까 걱정돼 자꾸 허리를 굽히게 되었다. 집에 돌아온 어머니가 보시더니 기특하다고 칭찬해 주셨다. 포대기를 풀고 나서야 허리를 펴니, 긴장이 풀리면서 허리가 아팠다. 칭얼대고 보채는 동생을 포대기에 업고 허리 구부리고 일하시는 어머니가 걱정돼 틈만 나면 동생을 업고 힘들게 숙제를 했다. 아버지께서 보시고 "동생 내려놓고 책상에 앉아서 해라" 하시면서 야단치셨다. 속마음을 몰라주는 아버지가 너무 서운했다.

첫아이 백일 때, 어머니는 예쁜 포대기 두 개를 선물하셨다. 정성스럽게 포장되어 온 포대기를 열어 보니 그 고운 색깔에 먼저 감탄이 절로 나왔다. 봄 가을용과 여름용 누비포대기였다. 여름용은 파란색에 길이도 짧고 두께도 얇아 시원해 보였다. 봄

가을용은 코발트 빛 바탕에 가장자리와 두 개의 끈은 빨간색으로 원색의 조화가 눈에 쏙 들어왔다.

바쁜 일상으로 아기를 업을 시간은 없었지만, 어쩌다 한가한 시간, 아기가 늦은 밤 칭얼대면 어머니가 사준 포대기가 생각나 얼른 포대기에 업고 추억을 떠올린다. 아기가 흘러내리지 않게 끈을 앞으로 단단하게 잘 댕겨서 꼭 묶고 거울을 보니 아기가 내 몸에 찰싹 붙어 있어 제법 모양새가 나 보인다. 끈 하나로 아이를 지탱할 수 있는 것이 너무 신기했다.

요즘은 포대기 대신 아기 띠나 힙 시트를 사용한다. 아기 띠는 앞으로 안다 보니 아기가 자는 시간 아무것도 할 수 없고, 등에 머리와 배를 대고 체온을 나누는 안정감을 느낄 수 없다. 요즘처럼 바쁘게 사는 젊은 세대들에게 포대기는 시간과 속도에 너무 밀려난 느낌이지만 조금은 한가한 시간, 포대기를 잘 활용하면 엄마와 같은 시선에서 교감하며 긍정적 정서에 도움이 되지 않을까.

2020. 6.

머리에 꽃을 꽂은 여자

날이 흐리거나 가랑비가 내리는 날이면 산 넘어 신흥리 쪽에서 하얀 철쭉꽃 하나 옆머리에 꽂고 흰 무명 저고리에 검정 치마 그리고 흰 고무신을 신은 젊은 여자가 히죽히죽 웃으며 고개 너머 마을로 내려온다.

봄바람과 함께 나타난 그 여자, 웃기만 할 뿐 어떤 말을 한 적이 없고 마을 사람 누구도 한마디도 못 들었다 했다. 돌봐 주는 사람이 있는지, 집은 어디에 있는지 아는 사람이 없다. 사람들이 하는 말을 알아듣기는 하는 것 같은데 왜 말을 하지 않는 걸까. 침묵 뒤에 숨은 사연을 말로 다 할 수 없어서였을까.

그 여자가 나타나면 동네에 소문이 좌악 퍼진다. 동네로 내려오고 있다는 이야기가 들리면 언제 몰려들었는지 꼬마 아이들이 놀려대며 뒤를 따라와 동네는 왁자지껄해진다. 집에까지 몰려든 아이들에게 어머니는 야단을 쳐서 내보내고 앞마당 귀퉁이에 하얀 쌀밥과 생선 한 토막 곁들인 밥상을 차려주신다. 눈에 익숙한 표정으로 들어와 아무 말 없이 밥을 한 그릇 다 비우고는 바람과 같이 사라져버린다. 밥 먹는 모습을 몰래 숨어서 관찰한 어머니는 밥과 국, 반찬을 순서대로 먹고 있는 모습을 보시더니 "쯧쯧… 많이 실성한 정도는 아닌 것 같아. 젊은 사람이… 안됐어" 감당할 수 없는 정신적 충격을 받아 잠깐 정신줄을 놓은 것 같다고 하셨다. 배불리 먹고 마을을 빠져나가면 아무도 다음 행선지를 알 수가 없었다. 봄이 지날 무렵, 다리 건너 읍내 장터에서 그 여자를 봤다는 소문이 들릴 뿐, 더 이상 소식을 알 수 없었다. 동네 사람들은 장터에 나타난 그 여자를 불량배들이 어디론가 데리고 갔을 것이라고 했다.

봄비 내리던 어느 날, 어머니는 죽지만 않고 살아있으면 한참 시간이 흐른 후 기억을 되살려 우리 동네를 찾을 거라고 말씀하셨다. 옛날에는 너무나 큰 충격을 받아 제대로 된 치료를 받지 못해 미쳐버린 사람이 꽤 많았다. 지금은 정신과 상담과 약물로 치료 가능한 병인데.

말로써 말이 많은 험한 세상, 감당할 수 없는 슬픔으로 말을 잃어버린, 꽃을 좋아했던 젊은 여자는 어디로 사라졌을까.

소리에 마음을 싣고

늦가을이면 어머니는 겨울 채비를 하시느라 분주했다. 볕이 좋을 때 문 창호지를 뜯어내어 새것으로 바르고 이부자리도 두 툼하게 새로 꾸미셨다. 어머니는 밤늦게까지 외할머니와 마주 앉아 풀 먹인 두툼한 광목천을 다듬었다. 다듬잇돌 위에 옷감을 곱게 접어놓고 방망이로 두드린다. 홑청은 수월하지만, 명주로 만든 아버지 두루마기는 작고 매끄러운 홍두깨로 다듬이질을 해야 해서 수고로움이 많았다. '따다닥 따다닥 따닥 딱딱' 박자를 맞추어 두드리는 소리는 경쾌하고 힘이 넘쳐 듣고 있으면 신명이 났다. 하소연하듯 애잔하다가도 멀리서 불어오는 바람처럼 포근했다.

다듬이질은 힘든 삶으로 지친 여인들의 활력소가 되었다. 미운 시어머니와 시누이, 야속한 서방님을 원망하며 스트레스를 푼다. 두 사람이 마주 앉아 호흡을 맞추며 수다를 떨고 서로간의 공감대가 형성되었다. 다듬이질의 리듬에 맞춰 목소리도 커져 다양한 사연들이 쏟아져나오기도 했다. 큰 소리 내지르며 화병을 해결하였다.

방망이 소리와 함께 '찹쌀~ 떡, 메밀~묵' 밤의 정적을 깨고 들려오는 낭랑하면서 처량한 목소리는 듣는이의 가슴을 짠하게 하기도 했다. 자정이 되면 통금 사이렌이 울리고 '딱 딱 딱딱…' 야경꾼이 딱따기를 부딪치며 순찰을 돌면 안심이 되어 잠들었던 기억이 난다. 이제는 모두 사라져 들을 수 없는 소리다.

난방이 잘되어 두툼한 큰 이불이 필요 없어진 지금, 덮지 않고 장롱 속에 자리만 차지하고 있는 목화솜 이불, 솜 집에서 타와 작은 이불 두 개를 만들었다. 어머니는 항상 광목으로 된 이불 홑청을 뜯어서 빨고 삶아 풀 먹여 다듬이질해서 숯불 다리미로 다리셨다. 금방 덮으면 까슬까슬한 느낌이 나는 고운 이불을 만들어주셨다.

잿물로 삶아 햇볕에 말리기를 반복했던 광목천. 딸의 혼수 이불을 만들 광목을 또닥또닥 다듬는 어머니의 다듬이 소리를 지금 어디에서 들을 수 있을까. 잊혀진 그리움의 소리를.

칠거리
다방

오후 늦게 전화로 딸의 합격 소식을 확인하셨다.

아버지는 저녁 식사도 거르고 허겁지겁 옷을 입고

이 기쁜 소식을 알려야 한다며

어두운 골목을 지나 칠거리 다방으로 뛰어가셨다.

어머니는 감기 들겠다고 하시며

외투와 머플러를 들고 뒤따라 나가셨다.

구부정한 부모님의 뒷모습을 보며 입시 공부에만 매달려 부모님께

너무 무심했다는 죄송함에 눈물이 나왔다.

- 본문 중에서

아버지의 자색 호두

하루 일과가 끝나고 저녁 늦은 시간, '데그락 데그락' 소리 내며 굴리시던 아버지의 온기 배인 호두 두 알. 아버지는 손 크기에 맞는 호두를 고르셔서 옻칠을 해 윤기 나고 반질반질한 진한 자줏빛 호두로 만들었다.

고향 장흥에서만 생산되는 이 호두는 귀족 호두라 불리고 서울에서는 가래 호두라고도 불렸다. 식용 호두와 달리 안에 내용물이 거의 없어 먹지 못하고 씨앗으로 파종해도 발아가 되지 않아 손 운동과 지압용으로 쓰였다. 손에서 잘 굴리면 혈액순환을 도와 몸이 따뜻해지고 특히 스트레스 해소에 좋다고 한다.

아버지가 툇마루에 앉아 호두를 만지고 계실 때면 식구들 모두 목소리를 낮춰 이야기하거나 일찍 잠자리에 들었다. 깊은 침묵 속에 혼자 무슨 생각을 골몰히 하시는 때라 보통 때보다 가까이하기 어려운 근엄한 모습이었다.

3선 도의원에 낙선하시던 날, 온종일 비가 내렸다. 밤늦은 시간까지 마루에 앉아 호두를 굴리며 세상일들이 뜻대로 되지 않음에 절망하신 모습은 어린 내게도 무척이나 슬퍼 보였다. 오빠가 원하는 대학에 떨어진 날, 밤잠을 설치고 멍하니 앉아계신 아버지 얼굴엔 자식에 대한 기대감과, 그 기대에 미치지 못하는 자식들에 대한 좌절감이 스쳐 보였다.

좋은 대학 들어가면 부모님께 제일 큰 효도라 생각한 나는, 오빠 몫까지 하겠노라 다짐하며 열심히 공부했다. 대학에 합격하던 날, 소식을 듣자마자 읍내 다방으로 달려가 지인들에게 공짜 커피를 대접하며 기쁨을 함께 나누시던 아버지의 모습은 어른이 되어 세상살이로 지치고 힘들 때, 나를 일으켜 세운 묵언의 교훈으로 남는다.

집안의 대소사와 자식들 뒷바라지로 힘든 삶의 무게를 짊어지신 아버지. 오 남매 모두 대학에 보내야 하는 아버지의 어깨가 슬퍼 보였다. 우리 가족에게 거대한 산으로 느껴졌던 아버지의 쓸쓸한 뒷모습이 이제야 눈에 들어왔다. 꼿꼿하던 허리는 굽어지고 머리는 반백이 되셨다. 아버지도 많이 늙어가고 계셨다. 드러내지 않아도 은연중 배어 나오는 말 없는 깊은 정. 아버지의 뒷모습이 너무 정직해 슬펐다.

사회적 책무를 내려놓으시고 가장의 무게도 가벼워질 즈음, 아버지는 병을 얻으셨다. 심근경색으로 병원에 계시면서도 서울에 있는 자식들에게는 큰 병 아니니 내려 올 필요 없다고만 하셨다. 전주에 있는 심장병 전문 병원이라고 전해 들은 자식들은 아버지가 곧 퇴원하실 거라고만 생각했을 뿐, 큰 걱정을 하지 않았다. 병이 위중해서야 아버지의 죽음을 알아챈 자식. 서울로 모셔서 정확한 진단과 치료도 받지 못하시고, 갑작스레 병이 악화돼 중환자실에서 사경을 헤매다 돌아가셨다. 온몸 다 바쳐 내어주기만 했을 뿐, 효도 한 번 못 받으시고 홀연히 세상을 떠나셨다.

아버지 돌아가시고 세상을 알게 된 딸, 효도라는 게 생각대로 되는 게 아니었다. 사랑하는 자녀들과 정답게 찍은 사진 한 장도 찾아보기 힘들었다. 넓은 품으로 휴식을 주는 나무처럼 조건 없는 사랑을 주셨던 아버지. 너무 가까이 있어 몰랐던 부모님의 사랑을. 지금에서야 아버지의 뒷모습은 우리에게 말씀하시고 싶은 긴 얘기였다는 것을. 그 단단한 자색 호두가 삶이 너무 힘드셨을 때마다 서로 부딪쳐 닳아진 것임을 알고 가슴이 내려앉았다.

거제 학동 해수욕장 몽돌은 원래 산이나 바닷가에 있던 큰 바위가 쪼개지고 파도에 부딪히고 돌들이 마찰이 생기며 지금의 모양으로 다듬어진 것이라고 한다. 몽돌처럼 자색 호두도 아버지 마음속에 근심 하나 생길 때마다 서로 부딪히며 깎여 모서리들이 둥글어졌을까.

자색 호두를 굴리시던 아버지의 손이 보고 싶고, 나를 지켜주셨던 바위 같은 사랑이 그립다.

2021 5.

곱게 오린 피문어

아버지가 돌아가신 지 많은 세월이 흘렀다. 너무 오랜 시간 아버지를 잊고 살았다.

공직 생활과 농사일을 함께 하신 아버지는 오 남매를 모두 대학 졸업까지 뒷바라지해 주셨다. 맏딸인 나는 대학생이 되어 서울에 있는 기숙사에서 생활하게 되었다. 아버지는 바쁜 농사일에도 한 학기에 두 번 딸을 보러 서울에 올라오셨다.

아침 일찍 전남 장흥을 출발하여 광주에서 새마을호를 타고 서울역에 내려 무거운 짐을 들고 신촌까지 버스를 타고 오셨다. 버스에서 내려 한참을 걸어 들어와 학교 정문을 지나 언덕배기에 있는 기숙사에 도착한 시간은 오후 4시.

커다란 가방 안에는 보따리가 세 개 있었다. 한 개는 반 건조한 피문어를 담은 바구니, 그리고 두 개의 보따리는 김부각과 소고기볶음 고추장이다. 아버지는 반 건조한 피문어 다리를 가위와 가는 칼을 이용해 여러 가지 예쁜 모양으로 만들어 바구니에 담아 오셨다. 예부터 예쁘게 오린 피문어는 제사상과 잔칫상의 꽃이었다. 왜 힘들게, 오린 피문어냐고 물으면 아버지는 웃으시며 정성이 많이 담긴 귀하고 건강에 좋은 음식이라고 말씀하셨다. 예쁜 바구니에 담아 온 말린 피문어는 사감 선생님께 드리고 김부각과 고추장은 방 식구들과 나누어 먹었다. 사감 선생님은 고맙다는 인사와 함께 아버지가 면회 오시는 날은 밤 9시에 하는 각방 점호 시간을 2시간 연장해 주기도 하였다.

아버지는 나를 종로 신신백화점 뒤에 있는 한일관에 데려가 노란 불판에 담긴 맛있는 불고기를 사 주셨다. 입 짧은 딸이 기숙사 밥이 입에 맞을까 애태우셨을 아버지. 몇 점 드시다 말고 고기를 죄다 내 앞으로 밀어주셨다. 다 먹고 남은 육수 국물에 밥까지 슥슥 비벼 먹으면 그렇게 맛있을 수가 없었다. 용돈은 부족하지 않냐고 물어보신다. 그 당시 한 달 기숙사비는 3,500원이었는데 매달 7,000원을 보내 주셨다. 외출할 일이 많지 않아 용돈 쓸 일도 별로 없었다. 돈 관리도 확실하다며 웃으신다. 시간이 촉박하여 나는 기숙사로 돌아오고 아버지는 연희동 친척 집에서 주무신 후 이튿날 새벽 일찍 시골집으로 내려가셨다.

집안의 대소사와 자식들 뒷바라지로 힘들고 외로우셨을 아버지! 하루빨리 좋은 직장에 취직해 부모님의 노고를 덜어 드리고 싶었다. 하지만 나의 바람이 무색하게 아버지는 환갑을 한 달 앞두고 급성 심근 경색으로 쓰러져 중환자실에서 사경을 헤매다 돌아가셨다.

자식을 위한 일이라면 천릿길도 멀다 않고 달려오신 아버지, 부모가 자식에게 온몸 바쳐 베푼 것은 당연하고 부모가 조금이라도 못마땅한 점이 보이면 화내고 따지는 못난 딸이었다.

아버지 기일 때면 반 건조한 피문어 다리를 가위로 오려 조그만 접시에 올려놓는다. 손이 아파 예쁜 모양은 엄두도 못 낸다. 바구니에 담을 정도의 양이면 아버지는 얼마나 힘드셨을까? 사감 선생님이 치아가 안 좋아 싫어한다고 꾀를 냈으면 한두 번 정도로 그치지 않으셨을까?

어느 날 결혼한 큰딸에게 어렸을 때 엄마 아빠가 해줬던 음식 중에 제일 생각나는 게 뭐냐고 물었더니 엄마는 약국 하면서 항상 바빴고 아빠가 가끔 해줬던 달걀 비빔밥이라고 했다. 마땅한 반찬이 없을 때 뜨거운 밥에 흰자를 빼고 노른자만 터트려 쪽파 간장과 참기름을 부어 비벼준 밥이 그렇게 맛있었다며 어렸을

때를 떠올리면 엄마보다는 아빠에 대한 추억이 훨씬 많다고 했
다. 조금은 섭섭했지만 옆에서 활짝 웃고 있는 남편 모습에 힘
들게 피문어를 오려 오시던 아버지의 얼굴이 겹쳐졌다.

2019. 10.

금성냉장고

2년 전 여름, 10년 정도 사용한 냉장고가 고장이 났다. AS 센터 직원이 나와 점검해 보더니, 제일 중요한 모터가 수명이 다 되어 바꿔야 하는데, 가격이 30만 원이라고 했다. 남편과 의논해서 LG냉장고로 바꾸기로 하고 모델을 정하려는데, 이곳저곳 매장 방문하는 것도 번거로워 딸에게 전화를 했다. 요즘 어떤 모델이 좋으냐고 물었더니 대뜸, 신랑하고 의논해서 좋은 모델로 사 드린단다. 한사코 아니라고 해도, 큰돈 드는 가전제품은 이제 자식들이 알아서 바꿔 드리는 게 당연하다고 했다. 가슴이 울컥했다.

LG냉장고 하면 친정어머니가 20년도 더 넘게 사용했던 금성 골드스타(GOLD STAR) 냉장고가 생각난다. 결혼 뒤 생업에 쫓겨 틈내어 어머니네 집에 들르는 게 무척이나 힘들던 때였다. 명절이 가까워져, 잠깐 어머니 집에 들렀을 때, 기억조차 희미한 금성냉장고(옛 LG)가 그대로 주방에 자리하고 있었다. 성능이 다한 냉장고는 냉동실의 불은 들어와 있는데, 냉동 기능은 안 되고 두꺼운 얼음으로 꽉 차 있어, 소리가 심하게 났다. 냉장고 문은 고무 패킹 수명이 다해 문이 잘 안 닫히고 쉽게 열렸다. 어머니는, 그래도 냉장 기능은 괜찮아 음식이 쉽게 상하지는 않는다고 하셨다. 나는 목이 메어 말을 잇지 못했다. 그 시절에는 가전제품이 워낙 고가이다 보니 신제품으로 바꾸는 것이 쉽지 않았다.

어머니는 5남매를 키우면서 식성이 좋은 남동생들 몰래 유달리 비위가 약하고 입이 짧은 나에게 줄 메추리알 넣은 소고기장조림을 냉장고 안쪽 깊숙이 넣어 두셨다. 앞칸에 넣어두면 적당한 간이 배어 짭조름한 메추리알이 금방 없어지고 만다. 나중에 알게 된 동생들이 자기들은 주워 온 자식이라고 섭섭해하기도 했다. 고3 때 동생들 잠들고 늦게까지 공부하고 있는 나에게, 이름도 생소한 삼양라면을 끓여 주셨다. 최초의 인스턴트 식품으로 처음 맛본 라면의 오묘한 맛은 지금도 잊을 수가 없다. 우선 간편한 요리방식에 놀랐다. 그 시절엔 수험생 야참으로 먹는 귀한 음식이었다. 더운 여름이면 크지도 않은 냉동실에 해태 '부라보 콘'과 삼강 '아맛나'를 검정 비닐봉지에 넣어두고 서로 눈치를 보며 들락날락 냉동실 문이 쉴 틈이 없었다. 이른 아침 입맛 없을 때, 어머니가 7가지 곡식으로 방앗간에서 빻아 온 선식 한 컵이면 속도 편하고 든든한 아침 한 끼 식사였다.

어머니에게 냉장고를 바꿔 드리겠다고 말씀드렸더니 혼자 쓰는 데 큰 불편 없다며 돈 쓰지 말라고 하셨다. 여동생과 의논해 알맞은 용량의 냉장고를 사드렸다. 며칠 후 어머니는 냉장고가 너무 커서 문을 열면 공간이 많아 휑하다고 하셨다. 자식들이 품 안에 있을 때는 입 안에 넣어 줄 음식으로 가득 채워져 항상 비좁다고 푸념하신 어머니가 이제는 쓸데없이 크게만 느껴지신 모양이다. 잠깐 짬을 내 어머니 집에 들른 날 냉장고 문을 열어 보니 냉동실에 고깃덩어리 하나가 없었다. 금성 냉장고를 가득 채웠던 어머니표 도시락 반찬들은 자취도 없이, 나물 무침과 김치, 그리고 채소 몇 종류였다. 단백질 섭취를 할 만한 음식이 하나도 없으니 건강이 염려되었다. 여동생은 멀리 떨어져 살고 있으니 마음뿐이고, 시간을 내어 한 달에 두 번 어머니 집에 들러 쉽게 드실 수 있는 밑반찬과 건어물을 냉장고에 넣어 드렸다. 식탁에 앉아 한 끼 식사도 못 하고 돌아선 딸의 뒷모습을 어머니는 골목을 빠져나갈 때까지 계속 지켜보고 계셨다.

어머니를 뵙고 오는 날은 뒤척이며 잠을 이루지 못했다. 그러나 다음 날이면 다시 일상으로 돌아와 바쁘게 하루하루를 살아간다. 늘 바쁜 나에게 전화하는 것도 미안해하신 어머니는 약국 문 닫을 시간에 가끔 전화해 별일 없냐고 물으신다. 혹시 어디 아프시냐고 물으면 아니라고 하며 그냥 했다고 하신다. 어머니 목소리를 뒤로 하고 서러운 마음으로 셔터 문을 내린다.

어머니가 돌아가신 지 20년 세월이 흘렀다. 이따금 꿈속에서 만난 어머니는 항상 멀리서 온화한 미소로 바라만 보고 계셨다. 눈가가 촉촉해 오는데 딸에게서 전화가 왔다. 내년에 에어컨도 바꿔주겠다고 한다. 구형이라서 열효율이 너무 떨어져 전기요금도 상당히 차이가 난다고 했다. 딸의 애쓰는 마음을 받아들여 고맙다고 했다. 딸이 나를 생각해주는 고마움에 비하면 나는 어머니에게 어떤 딸이었을까?

2019. 12.

칠거리 다방

전남 장흥에 살던 사람이면 모두가 잘 아는 칠거리 다방. 터미널의 차를 기다리거나 칠거리를 오가는 사람들을 내려다 볼 수 있어 많은 사람이 이용하던 곳이다. 칠거리는 장터나 터미널 가는 길, 법원, 군청 가는 길, 다리 건넛길, 탐진강과 기양리 가는 길, 그리고 예쁜 강과 정자가 있어 초등학교 소풍 명당인 춘정 가는 길, 이렇게 7개의 길로 나누어져 있어 붙여진 이름이다. 그 당시 장흥읍에는 다방이 세 곳 있었는데 칠거리 다방이 생기고 나서 60년 중반에 두 개의 다방이 더 들어섰다. 그중 정원 다방은 정치 1번지라는 별명이 있을 정도로 많은 정치인과 군내 공직자들이 드나들어 명성을 얻었던 다방이다. 이곳은 칠거리 다방과는 달리 주인이 상술을 갖추고 장삿속이 밝았다.

'얼굴마담'을 고용하고 차를 배달하는 '레지'와 '카운터'에도 여성 종업원을 두었다. 마담은 예쁜 한복을 입고 항상 웃음 띤 얼굴로 홀을 누비고 다녔다.

칠거리 다방은 오일장과 터미널을 가까이하고 있어서 실업자의 연락처였고 회사 없는 사장님의 둥지였다. 특히 오일장이 서는 날이면 손님들이 몰려 앉아 "사장님 전화요." 하면 "나요?" 하고 서로 얼굴을 쳐다보며 이름을 확인했다. 밥은 굶어도 커피를 마셔야 사는 사람도 적지 않았다. 그 당시 커피값은 30원 정도였는데. 목욕탕 성인 요금, 짜장면 한 그릇 값과 같은 금액이었다. 나이 드신 어르신들은 아침 일찍 칠거리 다방에 모여 설탕과 크림을 넣은 커피에 계란 노른자를 하나 떨어트린 모닝커피를 마시며 농사 이야기와 자식들 이야기로 꽃을 피웠다.

완연한 봄기운이 느껴지는 4월에는 유난히 많은 선거가 치러졌다. 선거철이 되면 후보자들의 선거 유세가 펼쳐지고 벽보와 현수막이 거리를 장식했다. 아버지가 장흥에서 2선 도의원을 하시면서 선거철이면 가족과 가까운 친척들은 몸과 마음이 너무나 힘든 시간이었다. 아버지가 단상 위에 올라가 우렁찬 목소리로 유권자들에게 지지를 호소할 때면 어린 마음에 아버지가 딴 사람같이 높아 보였다. 유권자들이 경청하고 있는 합동 유세장에서는 선거의 뜨거운 열기가 느껴졌다. 특히 읍 중앙에 위치

한 읍사무소 앞에서 선거 유세가 있는 날, 바로 옆 칠거리 다방은 선거 참모진과 유권자들로 북새통이었다.

선거 당일 투표장에는 두루마기에 갓을 쓴 어르신들, 무명 한복에 검정 고무신 신은 아낙네들, 갓난아이 등에 업고 투표장에 나온 젊은 신혼 댁 등… 거의 모든 읍 사람이 움직였다. 투표가 끝나면 장흥 읍사무소 앞에 설치된 게시판에 큰 사다리를 올려놓고 지우개로 숫자를 바꿔가며 입후보자의 득표 상황을 수기로 현황판에 표시했다.

선거 개표 과정은 예나 지금이나 후보자나 유권자에게 가슴 졸이는 순간이다. 마지막까지 지켜보는 그 자리에 환호와 침묵이 뒤섞였다. 아버지가 3선 출마에서 패하던 그 날은 비가 내렸다. 패배를 인정하며 우산을 쓰고 돌아서는 아버지의 지치고 슬픈 얼굴. 몸져누우신 어머니는 벌떡 일어나 열 길 물속은 알아도 한 길 사람 속은 알 수 없다며 한탄하셨다.

내가 대학시험을 보던 해는 처음으로 치러지는 국가고시였다. 합격자 발표가 있던 날 전화기 앞에 가족들 모두 초조히 기다리고 있는데, 오후 늦게 전화로 딸의 합격 소식을 확인하셨다. 아버지는 저녁 식사도 거르고 허겁지겁 옷을 입고 이 기쁜 소식을 알려야 한다며 어두운 골목을 지나 칠거리 다방으로 뛰어가셨다. 어머니는 감기 들겠다고 하시며 외투와 머플러를 들고 뒤따라 나가셨다. 구부정한 부모님의 뒷모습을 보며 입시 공부에만 매달려 부모님께 너무 무심했다는 죄송함에 눈물이 나왔다. 아버지는 딸의 대학 합격 소식을 전하며 다방 안의 모든 사람에게 커피를 대접하셨다. 다음 날 아침에도 일찍 칠거리 다방에 나가셔서 모든 지인에게 모닝커피를 돌리며 기쁨을 함께 하셨다.

지금 장흥 칠거리 다방은 없어진 지 오래고 그 자리엔 한방 찻집이 자리하고 있다. 다방이라는 이름은 찾을 수 없고 대형 프랜차이즈 커피숍이 늘어 서 있다.

어린 시절 부모님과의 추억을 담고 있는 칠거리, 이제는 고향에 가도 반겨 줄 사람 하나 없고, 하룻저녁 마음 편히 묵을 곳이 없다는 쓸쓸함. 지금도 칠거리 다방 하면 세상 다 얻으신 듯 공짜 커피 대접하시던 아버지의 환한 얼굴을 잊을 수 없다.

2020.

반닫이

어머니 결혼하실 때 외할머니가 장만해주신 무쇠 반닫이. 앞면을 둘로 나누어 반쪽만 여닫도록 만든 가구라 하여 이름이 반닫이이다. 문을 앞쪽으로 열고 닫는다 하여 앞닫이라고 부르기도 했다. 구조는 단순하지만 짜임이 매우 견고해 부피가 나가는 이불이나 옷부터 집안의 귀중품까지 다양한 물건을 보관하기에 좋았다. 집집마다 없어서는 안 될 요긴한 물건이었다. 커다란 몸집에 앞면과 옆면에 무쇠를 두들겨 만든 큼직한 쇠장식이 투박스럽지만 보면 볼수록 반듯하고 단아하다.

위 칸 서랍 세 개에는 귀중한 문서와 장부, 도장과 함께 어머니가 매일매일 기록한 가계부가 있다. 입출금 내역과 하루에 있었던 일들을 일기처럼 적어놓으셨다. 조그만 수첩에는 깨알 같은 글씨로 써 내려간 육아 일기도 있는데 다섯 남매의 성장 과정을 지켜보며 느꼈던 행복한 감정을 정성스레 기록해두셨다. 아래쪽 넓은 공간엔 희로애락을 같이 했던 금고와 솜이불, 즐겨 입으시던 화려한 갑사 치마저고리, 양단 두루마기, 명주와 무명으로 만든 바지저고리 등이 들어 있다. 반닫이는 어머니의 주머니요 가족의 보물 창고였다.

두꺼운 종이로 만든 금고는 농번기엔 농기구 값, 모종값, 일꾼들 품삯으로, 봄 가을엔 자식들 대학 등록금으로 서서히 비워져갔고 어머니의 시름도 깊어갔다.

새로운 물건들이 들어와 헌 가구를 밀어낼 때도, 생명과도 같은 논밭을 처분하고 고향을 떠나오실 때도 반닫이는 어머니와 함께였다. 노쇠하셔서 바깥출입도 안 하고 집안에서만 소일하실 때, 반닫이 속 금고는 비었어도 어머니는 틈만 나면 기름걸레로 닦고 문질러 윤이 나게 하셨다.

어머니 돌아가시고 내가 물려받은 반닫이. 지금은 거실 한쪽 벽에 기댄 채, 다소곳이 자리하고 있다. 화려하지도, 밋밋하지도 않으면서 고풍스럽다. 반만은 접어두고 속내를 다 드러내는 일 없는 내 어머니 같은 반닫이. 주제넘은 욕심은 버린 지 오래라는 듯, 그저 수수하게 자리를 지키고 있다. 지금은 활용도가 높지 않아 철 지난 옷과 소품들로 채워지고 남은 공간에는 어머니 생전에 즐겨 입으시던 옷 몇 점과 모자, 스카프 등이 들어 있다.

모진 세월 속에 묵묵히 버티고 서있는 반닫이. 반백 년을 훌쩍 넘긴 흔적으로 남아 있는, 애환도 많고 사연도 많았던 손때 묻은 반닫이 속엔 어머니의 삶의 궤적이 들어 있다.

지금도 내 삶의 중심을 잡아주는 그리운 어머니의 모습이다.

뒤주

고향 집 넓은 안마당 옆에는 추수한 곡식을 임시 보관하는 짚을 엮어 항아리 모양으로 둥글게 만든 나락뒤주가 있다. 필요할 때 꺼내어 정미소에 가서 도정을 마친 후 쌀가마니에 넣어 오동나무로 짠 쌀 창고에 보관한다. 크고 묵직한 무쇠 자물통이 있고 네 자리 숫자로 네 번 비밀번호를 맞춰야 열 수 있는 보물 창고였다.

집 안채의 안방과 작은 방 사이에는 시원한 바람이 넘나드는 곳간채가 있다. 곳간채는 바닥이 나무로 되어 있고 앞뒤가 문이 있어서 통풍이 잘되어 특히 여름에는 집에서 제일 시원한 장소였다. 곳간채에는 쌀 뒤주가 있고 뒤주 위에는 집에서 만든 김부각, 깨강정, 곶감 등이 있었다. 김부각은 짭조름해서 반찬으로 먹고 깨강정과 들깨강정은 나와 동생들이 들락거리며 금방 동이 났다. 어머니는 귀한 손님 오실 때 대접해야 한다며 깨강정은 손이 잘 안 가는 곳에 놔두셨다.

어머니는 곳간채에 있는 쌀 뒤주 말고 부엌 귀퉁이에 조그만 항아리 두 개를 놔두셨다. 하나에는 쌀이 담겨있고 그 옆 조금 작은 항아리에는 보리쌀이 채워져 있었다. 찹쌀은 귀해서 항상 곳간채에 따로 보관하셨다. 식사 시간이 임박하면 곳간채까지 가지 않고 부엌 항아리에 있는 쌀에 보리를 조금 섞어 밥을 지으셨다. 쌀 항아리가 있는 부엌은 바쁜 일손을 거들어 주는 아낙네들과 동네 이웃들에게 밥으로 정을 나누는 따뜻한 나눔터였다.

어느 날 너무 일찍 비어버린 쌀 항아리를 본 어머니는 곳간채 쌀도 떨어져 아버지 몰래 슬그머니 앞마당에 있는 오래 보관된 쌀 창고 문을 열다가 아버지에게 들켜 살림을 어떻게 하냐며 야단을 맞기도 하셨다. 그러나 어머니는 누가 뭐래도 배고픈 설움이 제일 크다며 어머니의 쌀 인심은 늘 넉넉하셨다. 대가족 살림살이에 어쩌다 고깃국을 끓이면 어머니는 얼른 냄비에 국을 퍼서 뒷마당 너머에 사는 탱자나무 과부댁을 불러 울타리 넘어 넘겨주셨다. 시집와서 일찍 청상과부가 된 아주머니. 아들 둘과 조그만 밭농사와 품삯으로 근근이 살아가는 과부댁을 어머니는 항상 안쓰러워하셨다. 어머니는 대식구의 곳간채 뒤주를 지키는 근엄한 분이셨다. 그러나 배고픈 사람에게는 늘 뒤주를 열어 주시는 후덕한 분이셨다.

옛날 시골 사람 대부분은 양식이 부족해 밥을 배불리 먹지 못했다. 얼마나 서러운 일인가. 동네에서 마주친 어르신들에게 늘 하는 인사는 아침저녁으로 '진지 드셨습니까' 였다. 요즘 세상에 들으면 무슨 그런 인사가 있느냐고 웃을 일이다.

할머니, 어머니 세대를 함께 한, 우리 식구들의 목숨을 책임졌던 곳간의 뒤주. 그 양식의 힘으로 어려움도 고단함도 버티고 이기며 살아냈다.

슬픈 할미꽃

아직 2월인데 조그만 화분에 꽃대가 올라오고 있다. 지난겨울에 죽은 줄 알고 치울까 생각했는데 올봄에 또 꽃을 피울 모양이다. 절정이 되어 꽃을 피워내고 미련 없이 지는 꽃. 봄이되어 다시 꽃으로 생명력을 보여 주는 순환의 삶이 나이 들어보니 너무 부럽다. 한 번 땅으로 돌아가면 끝나는 우리네 인생이 나무보다, 꽃보다 못한 삶이 아닐까?

외할아버지와 외할머니 살아생전 모습이 떠오른다. 한 동네 가까이 사시면서, 외할아버지는 공직 생활로 바쁘신 아버지를 도와 모내기와 추수철에는 모든 농사일을 도맡아 관리해 주셨다. 항상 점잖고 과묵하신 외할아버지는 동네에서 정직하고 신뢰감 있는 어르신으로 소문났다. 동네 일꾼들도 잘 믿고 따랐다. 외할머니는 활달한 성격에 허드렛일을 도와주는 동네 아낙네들을 잘 챙기고 친화력도 대단해 모내기 철에 다른 집은 일손이 모자라 쩔쩔맬 때도 무슨 수단을 써서라도 제날짜에 맞춰 일할 사람을 데려오신다.

수업이 끝나고 읍내 다리를 건너 힘없이 집으로 가는 길, 외할머니는 하시던 일을 멈추고 양말은 짝짝이로 신으신 채, 마을 어귀까지 정신없이 달려 나오셨다. 가방을 받아 들고 손주를 덥석 안아주셨다. 검게 탄 주름 진 얼굴과 까슬까슬한 손을 만지며 일에만 파묻혀 계신 할머니가 안쓰러웠다.

별이 총총한 여름밤이면 앞마당에 젖은 풀을 한 아름 모아 모깃불을 피워놓고 시원한 평상에 앉아 큰 함지박에 채워 놓은 수박을 잘라 먹으며 할머니 무릎에 누워 도란도란 이야기꽃을 피웠다. 밤하늘을 쳐다보며 동남쪽에 크게 반짝이는 목성과 조금 떨어진 토성, 그리고 북두칠성과 북극성을 이야기하다 잠이 들면 할머니는 손주들을 덥석 안아 파란 모기장이 쳐 있는 안방으로 옮기셨다. 잠들어 있는 손주들을 흐뭇하게 보고 계셨다. 구부정한 허리와 왜소해진 할머니의 모습에 나는 곤하게 잠 들은 척 뒤로 돌아누웠다.

식사 준비와 자녀 양육, 바깥일까지 신경 써야 하는 딸이 안쓰러워, 외할머니는 새참 준비와 논일, 밭일까지도 다 챙기셨다.

모내기가 끝나면 다시 김매기가 있고 또 추수철도 있다. 준비해야 하는 새참의 양은 어마어마했다. 점심 전 새참은 고구마나 감자를 찌고 부침을 곁들여 가져 나가고, 해 질 녘 먹는 새참은 멸칫국물에 애호박과 김가루 올린 잔치국수로 허기진 배를 따뜻하게 채워주었다. 논 앞에 모여 한숨 돌리는 새참 시간, 거기에 쭈그러진 노란 알루미늄 주전자에 담아 온 막걸리가 곁들여지면 바로 논두렁에서 작은 잔치가 벌어진다.

노을에 물들어가는 풍요로운 가을 들녘. 지금은 젊은이들은 다 떠나고 모든 농작물은 농기구가 대신해주니, 정을 나누는 이웃들은 없어진 지 오래다. 연로하신 어르신들만 농촌을 지키고 계신다.

중학생 때, 동생과 나는 어머니와 함께 외할아버지, 외할머니 산소에 다녀온 기억이 있다. 읍내 다리를 건너 비탈길을 한참 올라갔다. 산등성이에 활짝 피어있는 연분홍 진달래 향기에 흠뻑 취해 묘소에 도착하니, 무덤가에 할미꽃이 잔뜩 피어있었다. 어머니에게 할미꽃이 왜 무덤가에 많이 피느냐고 물었더니, 할미꽃은 죽은 사람의 넋을 기리고, 주위에 햇빛을 가로막는 큰 나무들이 없어 양지바른 무덤가에 많이 핀다고 했다. 무덤가 주변에 피어있어, 보기만 해도 슬픈데 꽃이 피기도 전에 고개 숙이고 있는 모습이 더욱 애처로웠다.

친척 삼촌이 벌초한 묘소 앞에 외할머니가 좋아하신 가오리 찜과 곶감을 접시에 올려놓고 어머니는 엎드려 소리 내어 한없이 우셨다. 슬피 우는 어머니 모습에 동생과 나도 따라 울었다. 우리 어머니도 어머니를 저렇게 많이 그리워하고 계셨다는 걸 처음 알았다. 그 후로 할미꽃 하면, 외할머니 산소 앞에서 한없이 우시던 어머니의 슬픈 얼굴을 떠올린다.

어른이 되면서 할미꽃도 잊고 살았다. 할미꽃이 시골 산등성이나, 양지바른 무덤가에 피지 말고, 동백꽃처럼 큰 군락을 이뤄, 고개 숙인 슬픈 꽃이 아닌, 허리를 펴고 곧은 모습으로 피어나, 보는 이로 하여금 고향을 떠올리며 위로받는 꽃으로 기억되기를 소망한다.

2020. 3.

파 씨와 담뱃대

형제 중에 유난히 사탕을 좋아한 나는 어려서 충치로 많은 고생을 했다. 동화약품에서 나온 치통수를 약솜에 묻혀 아픈 이 사이에 끼워 물면 치통이 가라앉는다. 특히 한밤중에 통증이 오면 치통수로도 듣지 않아 아파 울며 난리가 난다. 잠에서 깨신 아버지는 긴 담뱃대를 가지고 나와 마른 파 씨를 찧어 끝부분인 물부리에 넣고 담배를 피워 흘러나온 연기를 나의 아픈 이에 갖다 대며 입을 벌려 계속 들이마시게 했다. 눈물 콧물이 뒤범벅된 채 연기를 마시면 어느새 치통이 멎으며 스르르 잠이 들었다.

철없던 시절, 오일장이 서는 날이면 사탕은 절대 안 된다는 엄마를 졸라 눈깔사탕, 박하사탕 그리고 껌과 땅콩 캐러멜을 샀다. 입 안 가득 퍼지는 달콤함에 취해 나중 일은 생각도 하기 싫었다. 눈깔사탕은 깨물어 먹기엔 너무 아까워 두고두고 빨아 먹었던 기억이 있다. 사탕 먹은 것이 들통 난 날은 아버지께 심한 꾸중을 들었다. 동생들 앞에서 회초리를 맞은 것이 창피하고 자존심 상한 나는 밥도 먹지 않고 방구석에 앉아 나오지 않았다. 고개를 푹 숙이고 턱이 목에 닿은 채 앉아 있는 나를 본 어머니가 가만히 와, 계속 그렇게 숙이고 있으면 턱이 목에 붙어 떨어지지 않는다고 했다. 슬그머니 겁이 난 나는 거울 앞으로 가 정말 턱이 붙어버린 줄 알고 만져 보기도 했다.

파는 음식에서 빠질 수 없는 중요한 재료다. 파 종류는 성질이 뜨겁고 열을 품고 있어 몸속의 냉기를 내쫓고 몸을 따뜻하게 하며 추위를 이길 수 있게 하여 면역력을 기르는 데 아주 좋은 식품이다. 파 씨는 강력한 살균 작용과 살충 작용이 있어 치통에도 효과가 있다. 주례사 단골 멘트인 '검은 머리 파뿌리될 때까지' 변치 말고 부부의 연을 이어가라는 덕담도 있다.

담뱃대는 잘게 썬 담배를 피울 때 사용하는 기구로 대통, 설대, 물부리의 세 부분으로 이어졌다. 물부리는 물기 편하도록 끝으로 갈수록 가늘다. 담배를 한 번 재우면 20~30분 피울 수 있고 피우고 나면 긁개로 긁어내어 청소해 줘야 하는 번거로움이 있어 오래 사용되지는 않았다.

고집 세고 호기심 많던 어린 시절. 철사 반지 만들어 열 손가락에 끼고 잠들어 다음날 반지가 빠지지 않아 애태우던 일, 한밤중 치통으로 마루를 뒹굴던 일….

깊은 잠에서 깨어나 담뱃대에 말린 파 씨를 집어넣어 입에 연기를 불어 넣어 주시던 아버지. 내 유년 시절의 그리운 아버지 얼굴을 잊을 수 없다.

2021.

더 센 약
주세요

약대생일 때 나는 흰 가운을 입은
전문직으로서의 우아한 약사를 꿈꿨다.
그러나 대부분 현실의 약사는 개국약사로
갇힌 공간에서 하루 종일
아픈 환자의 투약을 위해 싸워야 하는 힘든 육체노동자이다.
처방전의 숫자와 싸워야 하고
끝없이 이어지는 질문과 복약지도로
가운을 입은 전투사가 되어야 한다.
- 본문 중에서

처방전의 무게

바쁜 월요일 아침, 한 달에 한 번씩 약을 타 가는 할머니가 오셨다. 한 달이 채 안 된 것 같은데 처방전을 내미신다. 혈압과 당뇨로 하루에 여덟 개의 약을 들고 계신데 이번에 약이 세 개가 더 추가되었다.

걱정되어 여쭤보니 홈쇼핑을 보다가 눈에 좋다는 루테인과 인사돌, 비타민을 구입해 드셨다고 한다. TV 광고에 현혹되어 무턱대고 약을 산 것이 화근이었다. 드시는 약 가짓수가 많으니 함부로 보조제 같은 것 드시지 말라고 몇 번이나 말씀드렸는데 잔소리 들을까 싶어 상의를 못 하신 모양이다. 빼곡히 적혀있는 처방전의 무게가 어깨를 짓누른다. 늘어난 숫자만큼 복약 설명도 길어진다. 병이 위중한 환자에게 처방전에 적힌 글씨는 잘 지키고 따르면 환자를 살려준다는 생명의 지침서이다. 주름 잡힌 할머니 얼굴에 근심이 가득하다. 두툼한 약 봉투를 안으며 "나는 영양제도 못 먹을 팔자야, 약사님 말 들을 걸 그랬어." 하며 약국을 나가신다.

3월에는 뇌졸중 환자가 급증한다. 겨울 동안 운동 부족으로 체력이 저하된 상태에서 봄철에 발생하는 미세먼지, 황사를 들이마시면 오염물질이 누적되어 혈관에 염증이 생기기 때문이다.

가벼운 뇌경색을 앓았던 할머니가 오랜만에 약국에 오셨다. 다행히 큰 후유증이 없어서 보행도 자유롭고 언어 소통에도 큰 문제가 없어 보였다. 조금 어눌해진 말씨는 서서히 회복되고 있었다. 몇 개월 만에 종합병원 처방전을 가지고 오셨다. 빼곡했던 글씨들이 절반으로 줄어 여백이 눈에 들어왔다. 할머니는 쓰러진 후 냉장고에 있는 젓갈류와 짠 음식을 모두 버리고 저염식과 가벼운 운동을 하면서 이름도 생소한 건강보조 식품도 모두 끊었다고 하신다. 가벼워진 약봉투를 안은 할머니의 모습에 싱그러운 봄 향기가 실려 온다.

손님이 뜸한 오후 아내의 부축을 받으며 중년 남자가 힘겹게 약국에 들어왔다. 오랜만에 보는 얼굴이라 반가웠는데 얼굴이 너무 검게 변하고 거동도 불편해 보였다. 몇 년 전만 해도 호탕

한 성격에 몸집도 좋았던 아저씨가 오랜 투병 생활로 몸과 마음이 황폐해져 있었다.

아저씨는 고혈압으로 인한 신부전증으로 오랫동안 약물치료를 해왔는데 혈압이 잘 조절되지 않고 점점 악화되어 작년부터 혈액 투석을 받는다고 했다. 저염식과 규칙적인 운동, 그리고 날짜 잘 지켜 치료받으면, 결과가 좋아져 투석을 끊은 환자도 주위에 있었다고 말씀드렸더니 금방 얼굴에 화색이 돌면서 정말 그런 사람이 있느냐고 물었다. 완치가 안 되는 질병 중 그래도 만성 신장염 환자는 바로 생명과 직결되지는 않아서 십 년 이상 이십 년까지도 살 수 있다고 위로해 드렸다.

약사의 위로의 말 한마디가 환자의 치료 의지를 바꿀 수 있게 해, 약사는 환자에게 최선을 다해야 한다.

약대생일 때 나는 흰 가운을 입은 전문직으로서의 우아한 약사를 꿈꿨다. 그러나 대부분 현실의 약사는 개국약사로 갇힌 공간에서 하루 종일 아픈 환자의 투약을 위해 싸워야 하는 힘든 육체노동자이다. 처방전의 숫자와 싸워야 하고 끝없이 이어지는 질문과 복약지도로 가운을 입은 전투사가 되어야 한다. 병원을 사이에 두고 가까운 약국 간의 처방전 쟁탈은 상상을 초월한다.

과도한 경쟁 속에 영원한 단골은 없다. 현실과 타협해야 하는 약사로서 좌절하기도 한다. 마음이 기쁘거나 슬플 때도 자신의

감정을 드러내지 않고 조용히 웃으며 고객을 응대해야 할 때는
나도 연기하는 배우와 똑같다는 생각이 들기도 한다.

토요일 오후 비가 내린다. 아무것도 하지 않아도 된다는 것이
설렘으로 다가온다.

그것도 잠깐, 셔터 문을 내리고 나는 어김없이 마트로 장 보
러 간다.

일탈을 꿈꾸지만 나는 늘 제자리걸음이다.

책꽂이 속 외상장부

서재를 정리하는데 책들 사이에 끼인 노트 하나가 눈에 띄었다. 2010년부터 기록한 약국 외상장부였다. 약국을 그만두며 폐기한 줄 알았는데, 피식 웃음이 나왔다. 자세히 들여다보니 미결금액이 상당히 많았다. 노트에 적힌 아주머니와 할머니들의 얼굴이 떠오른다. 약국을 접은 지 벌써 5년의 세월이 흘렀다. 많은 일들이 서서히 잊혀져 가지만 더러는 바로 어제 일처럼 또렷하다.

서울에서 약국을 하다 분당으로 이사를 하면서 성남에 있는 병·의원 옆으로 이전 개업하였다. 의약 분업 후 병원 처방전 건수가 약국의 수입으로 이어지는 상황에서 장소를 물색할 때부터 너무나 힘들고 지친 고뇌의 시간이었다. 이웃 약국 간의 치열한 경쟁 속에서 마음을 비운 채 약국에 오는 손님에게 최선을 다했다. 처방전이 몰려들어 정신없이 바쁜 날이면 환자들과의 일상적인 대화가 적어져 외롭고 쓸쓸한 할머니들에게 늘 마음의 빚쟁이가 되었다. 잠깐 짬이 날 때 건성건성 들어 주는 성의 없는 태도에 실망하는 빛이 역력했다. 손주가 벌써 대학생이 되었고 아들이 원하는 직장에 들어가게 되었다며 손뼉 치며 좋아하다, 며느리의 구박이 힘들다며 할머니 얼굴이 다시 어두워진다. 만성질환으로 하루하루 힘들게 버티시는 할머니의 손에 커다란 약 봉투를 내미는 내 마음은 한없이 우울하다.

연로하신 할머니, 할아버지들은 거의 현금 결제를 하시는데, 약값이 부족하면 "그냥 달아놔, 다음에 와서 갚을게" 한다. 개업한 지 얼마 되지 않아 얼굴도 잘 모르는데 참 난감하였다. 금전거래를 명확히 해 두어야 오래도록 좋은 관계가 지속될 것 같아 외상장부를 만들었다. 장기처방이나, 영양제를 구입할 경우, 주머니에서 나온 구겨진 돈이 부족할 때가 있다. 나는 슬그머니 외상장부를 꺼내 별일 아닌 것처럼 성함과 전화번호 잔금을 기재한다. 그렇다고 누구에게나 다 외상을 주는 건 아니고 서로 간에 신뢰가 쌓인 동네 주민에 한해서이다. 미안해하시는 할머니에게 "다음에 오실 때 주세요." 하면 몇 번이나 절을 하고 나가신다. 외상값을 갚으러 오는 날, 검정비닐 봉투에 텃밭에서 기르는 채소 몇 가닥, 과일 조금, 직접 담근 오이장아찌 몇 개를 가져오신다. 가슴 찡한 순수함. 이곳에서 느꼈던 값진 경험이다.

매달 조제약과 일반약 그리고 무릎 관절에 좋은 영양제를 드신 할머니는 아들 월급날이면 어김없이 외상값을 갚는다. 전북 진안에서 농사일도 하는 할머니는 장가 안 간 아들 뒷바라지로 두 집 살림을 한다. 매실 농사도 짓는데 일 년에 한 번 2리터 소주병에 매실청과 매실장아찌를 듬뿍 갖다주신다. 친정엄마 아니고 이런 선물을 어디서 받을 수 있을까. 돈보다 더 소중한 이웃들의 따뜻한 정이 눈물겹다.

외상장부의 한 달 결산은 80% 달성이다. 감사한 일이다. 20% 미결제는 갚지 못한 속사정이 있는 이웃들의 마음만 받기로 한다.

삶의 애환이 고스란히 묻어있는 외상장부.

버리지 않고 다시 책장에 꽂는다.

2020.

폐지 줍는 할머니와 나

의약분업이 시작되면서 처방전에 의한 조제와 복약지도로 매일 정신이 없다. 월요일은 특히 바쁜데 혈압약, 심혈관질환과 당뇨약 등 장기처방 환자가 주말 지나고 거의 월요일에 집중되기 때문이다. 한 치의 실수도 용납되지 않아 긴장을 늦출 수 없고 그래서 체력소모도 많다. 입도 뻥끗하기 싫은데 끊임없이 질문하는 환자도 있다. 특히 많이 하는 질문 가운데 하나가 혈압약 한번 먹으면 죽을 때까지 먹어야 하냐는 거다. 뇌졸중이나 심혈관질환 예방 차원에서 드시는 약이니 저염식하고 규칙적인 운동을 하면서 의사 선생님과 의논해서 조절할 수도 있고 또 끊을 수도 있다고 설명해준다.

분업 초창기에는 자잘한 실수도 많았다. 같은 건물 일 층에 위치한 병원 진료 과목이 내과와 소아과이다 보니 특히 소아과는 가루약과 시럽이 같이 나오는데 시럽제를 빠뜨린 경우가 여러 번 있었다. 혈압약과 당뇨약이 같이 섞인 장기처방전인데 마지막 한 포에 약 한 알이 빠졌다고 전화가 오면 등골이 오싹해지기도 하였다. 환자 대부분은 심성이 착해서 다음날 약국에 들러 약을 받아 가지만, 가끔 환자 집에 찾아가 약을 전달하고 혼쭐이 난 적도 있었다.

손님이 빠져나가고 잠깐 한가해진 시간, 뒤쪽 의자에 약 봉투를 안은 채 할머니가 외롭게 앉아 계셨다. 간혹 오셔서 조용히 약만 타가는 분인데 조금 의아한 생각이 들었다. 겹겹이 주름진 얼굴에 슬픔이 가득했다. 할머니는 힘없는 목소리로 속마음을 털어놓으셨다.

이번 명절에는 아들, 며느리, 손자들도 다 귀찮고 돌아가신 친정엄마가 너무 보고 싶어 이제는 좀 그만 살고 싶다고 눈물을 훔치신다. 세월에 꾹꾹 눌러진 할머니의 슬픔에 나도 돌아가신 어머니 생각이 나, 따라 울었다. 구부러진 허리를 간신히 일으켜 약국을 나가시는 할머니의 뒷모습이 가슴을 쓸어내린다. 점심을 먹어야 하는데 배달 온 음식은 넘어가지 않고 바로 계속되는 복약지도에 목이 메어와 설명 없이 약만 건네주었다.

몇 년의 세월이 흐른 지금 여전히 당신의 어머니를 그리워하고 계실 수도 있겠고 그토록 그리던 어머니를 만났을지도 모르겠다. 하지만 나의 바람은 이 세상에서 그때보다 더욱 건강해지신 할머니를 한 번 더 뵈었으면 하는 마음이다.

우리 약국 주변에는 폐지 줍는 할머니들이 많다. 어르신들 대부분이 하는 말씀이, 자식들이 한사코 말리지만 용돈 벌려고 한단다. 자식 농사 잘 지어놔도 자식 덕 볼 일 없다는 인식을 하게 되면서 노후는 물론 죽음까지도 준비해야 하는 세상이 되었다. 많은 할머니가 6개월을 버티지 못하고 병으로 일을 그만둔다. 고된 노동에 할머니들은 파스와 판피린 물약을 달고 산다. 판피린 물약은 용량이 20ML로 감기 초기 증상에 간단히 먹는 약인데 성분에 무수 카페인과 소염진통제가 들어 있어 매일 습관적으로 먹을 경우 중독성이 강해 주의가 필요하다. 좀 줄이시라고 해도 일하는데 활력소가 되니 어쩔 수 없다고 하신다. 가끔 제약회사에서 사은품으로 주는 파스를 따로 보관했다가 할머니들에게 드릴 때면 정색을 하며 돈을 지불하겠다고 하신다. 자존심 상하지 않게 잘 설명해 드리면 감사하다며 가져가신다.

우리 약국에도 매일 폐지를 가지러 오시는 할머니가 한 분 계셨다. 아침 일찍부터 밖에 나가 폐지를 줍다가 갑자기 비라도 만나면 흠뻑 젖은 옷에 비에 젖은 폐지를 들고 와 히죽히죽 웃으며 슬그머니 약국 안에 밀어 넣고는 다음 날 찾아가곤 하셨다. 전산원 아가씨는 청소하기 힘들다며 짜증을 냈다.

마지막으로 뵈었던 그날도 갑자기 비가 쏟아져 할머니가 모은 박스를 하룻저녁 보관해 드렸다. 뒷날 오실 줄 알았던 할머니는 며칠이 지나도 오시지 않았다. 깜빡하셨구나 하는 생각에 마음이 짠했다. 그 후로 들리는 소식은 할머니가 폐지를 줍다 후진하는 1.5톤 트럭에 치여 돌아가셨다고. 숨이 끊어질 때까지 일하고도 가난을 짊어지고 사는 어렵고 서러운 이웃들….

갑작스러운 할머니의 죽음은 너무나 큰 충격으로 다가와 조금이라도 손해 보는 것에 고개 돌리며 이기적으로 살아온 내 삶이 한없이 부끄러웠다.

비 오는 날은 금방이라도 젖은 박스를 들고 할머니가 오실 것 같아 자꾸만 밖으로 눈길이 간다. 사람으로 부대끼는 약국의 일상 속에서 편안함에 기대어 사는 나를 되돌아본다.

2019.

더 센 약 주세요

의약분업 이전, 명절 전날은 조제와 일반약 수요가 급증해 정신없이 바빴다. 그 시절엔 파트타임 약사도 없어 온종일 혼자서 부딪혀야 했다. 명절을 맞아 버스와 기차로 귀성하는 많은 사람이 멀미약을 박스로 구입했다. 그리고 까스활명수와 대용량(450mL) 활명수도 불티나게 팔렸다. 부모님 효도 선물로는 단연 우황청심환 세트가 인기였다.

명절 때마다 어머님과 동서의 수고를 도울 수 없다는 부담감에 늘 마음이 불편했다. 어머님은 환갑이 지나면서 류머티즘성 관절염으로 고생을 하셨다. 특히 무릎 관절의 통증이 심했다. 자가 면역질환인 류머티즘 염증에 무슨 특별한 치료약이 있겠는가, 그래도 며느리가 지어준 약에 기대를 많이 하셨는데 약이 너무 순해 잘 듣지 않는다고 하셨다. 관절염 약을 너무 오래 복용하셔서 웬만한 약은 듣지를 않는다면서 아주 센 약을 지어달라고 하셨다. 그러나 나는 어머님 건강을 생각해서 진통소염제를 최대한 줄이는 처방과 함께 식사량을 줄이시고, 가벼운 운동을 해야 한다고 말씀드렸다. 어머님은 걷기도 힘든데 무슨 운동이냐며 역정을 내셨다. 그런데도 어떤 모임에도 빠지질 않으신다. 항상 자식들과 부딪치는 문제이기도 했다.

어머님은 오래전부터 영등포에 있는 약국에서 조제한 약을 드셨다. 전국 각지에서 모여든 관절염 환자들로 버스 정류장이 생기기도 했다. 어떤 약일까 너무나 궁금했다. 확인해 보니, 마약 수준의 진통제와 스테로이드 약과 함께 정체불명의 가루약이 들어 있었다. 충격적이었다. 무엇보다 이 센 약이 거의 모든 환자에게 똑같이 처방된다는 것이 놀라웠다. 어떻게 관할 보건소에서 그대로 묵인할 수 있는지 이해가 되지 않았다.

나는 이 약이 왜 나쁜가, 그리고 스테로이드 약은 무엇이고 인체에 왜 해로운가를 자세히 설명해 드렸다. 약을 버리겠다고 했더니 비상약으로 갖고 있어야 한다며 화를 내셨다. 그러나 곧 마음을 바꾸시고 잘 따라 주셨다.

어머님은 스테로이드 부작용으로 얼굴이 붓고 피부가 건조해지며 가려움증도 자주 발생했다. 피부약만 먹으면 졸음이 온다고 푸념하셨다. 처방을 바꿔 피부소양증의 주 치료제인 항히스타민제는 하나도 넣지 않고 비타민 B 복합제와 취침 전에 한 번 먹는 단위가 낮은 수면 유도제를 넣어 드렸다. 약을 드신 어머님은 잠을 푹 자서 그런지 머리가 개운하고 입맛도 당기며 가려움증이 모두 없어졌다면서 우리 며느리가 최고라고 칭찬하셨다. 너무 오랫동안 복용해 오셨던 관절염약 부작용으로 영양의 불균형이 심각해져 비타민 B군으로 해독하여 영양 섭취가 되니, 저절로 가려움증의 원인이 제거된 것이다.

교회 권사이신 어머님은 주위에 피부 가려움증 환자만 있으면 약국으로 모시고 왔다. 환자마다 가려움증의 원인이 다르다 보니 처방약도 다른데, 어머님은 손님 약에 취침 전에 먹는 약이 빠졌다고 그 약을 넣어 달라고 하셨다. 그 약이 중요한 치료제로인 줄 알고 계셨다.

해마다 교회에서 행사하는 하기 수양회에 2박 3일로 다녀오신 어머님은 며칠간 꼼짝 못 하고 누워 계셨다. 통증이 심하신지 영등포 약국 약을 찾으시며 또 화를 내셨다. 하는 수 없이 강력한 소염진통제와 스테로이드 약을 처방해 드렸다. 무릎관절염 환자는 상체에 비해 하체가 부실한 경우가 많다. 무릎에 하중이 실리다 보니 나이가 들수록 O자 다리로 변해 치료가 어렵다.

약국에 오시는 많은 관절염 환자에게 약 복용보다는 탄수화물 섭취를 줄이고 단백질과 섬유질을 많이 섭취하면서, 힘들지만 조금씩 걷는 방법을 권해드린다.

무릎관절염으로 풍요롭지 못했던 어머님 노년의 삶을 생각하면 며느리로서 최선을 다하지 못했다는 죄스러움이 남는다.

2020.

동네 책방 같은 약국

매일 반복되는 일상이라지만, 하루도 같은 날은 없다. 약국에 오는 손님, 처방전 내용에 따라 맑았다 흐리기를 반복한다. 바쁜 월요일 아침, 남자 손님이 대일 밴드 한 통을 집어 들고 카드를 내밀었다. 밀려드는 처방전을 입력하느라 바쁜 전산원이 "천 원인데, 현금 없으세요?" 했더니 큰 소리를 내며 난리가 났다. 카드 결제 안 되는 약국, 세무서에 바로 신고하겠다고 으름장을 놨다. 새로 온 직원이 아직 업무가 서툴러 그렇다며 죄송하다고, 시원한 박카스를 내밀었다. 다행히 시끄럽지 않게 해결이 되었지만 오전 내내 진땀이 났다. 전쟁터에서 잘 버텨냄에 감사한 하루다.

찜통더위가 계속되던 여름, 낮에 잠깐 가운을 벗고 근무한 날이었다. 우리 약국에 처음 온 환자가 약을 받아 들고는 시비조로 "당신 약사 맞아요?"

"네. 왜요?"

"가운 안 입은 약사도 있어요?" 한다. 옆에 계신 단골손님이 약사님 맞다고 하자, 그제야 수그러든다. 날마다 사람으로 부대끼는 이 작은 공간에서, 감정 표현에 서툰 내가 다른 사람의 시선에 맞추느라 애쓰다 보니, 스스로 안쓰러울 때가 많다.

몇 해 전 어느 언론사에 기고한 작가의 글이 생각난다. 읽으면서 가슴 울컥했던 글이었다.

"인터넷 서점에서 일한 적이 있다. 서점에서 일할 때 책과 책방에 관한 생각을 많이 했었다. 좋아하는 책을 모아 책방을 열고 싶다는 생각, 그 서점이 동네 약국 같았으면 좋겠다는 바람, 좋은 책들을 모아 두고 그곳에 약사처럼 앉아 이런저런 증세를 호소하는 사람들에게 줄 책과 밑줄을 조제해 처방하는 모습을 말이다." 동네 책방은, 단지 책을 사고파는 곳이 아닌, 주민들에게 좋은 책을 소개하는 큐레이터 역할, 따라서 누구에게나 열려있는 지혜의 공간임을 강조한다.

약국을 그만둔 지 한참 세월이 흘렀지만, 지금도 단발머리 여학생이 생각난다. 아빠가 안 계신 중학생인데, 새하얀 얼굴에

똘망똘망한 눈을 가진 예쁜 소녀였다. 일로 바쁜 엄마를 대신해 동생이 아플 때면 약국에 데려와 약을 챙겨 먹었다. 용법, 용량을 귀담아들으며 장래 희망이 약사라고 했다. 아이들 꿈이야 수시로 바뀌지만, 어쨌든 그때만큼은 약사에 대한 열망이 강하게 느껴져 마음껏 응원해주고 싶었다. 왜 약사가 되고 싶은가 물으니 머뭇거린다. 나에게 좀 더 마음을 열 때 다시 한번 물어볼 생각이었다. 가끔 늦은 시간에 약국에 들르는 엄마는 침이 마르도록 딸 자랑을 했다. 넉넉지 못한 형편에 뒷바라지도 제대로 못 해 주는데, 반에서 일등을 놓치지 않는다고. 기특했다. 어느 날, 약국 문 닫을 시간에 연고를 사러 온 아이를 나만의 비밀 장소이자 금단의 장소인 조제실로 안내했다. 약국의 조제실 풍경을 보여 주며 약을 다루는 약사의 책임감이란 이런 것이다, 느끼게 해주고 싶었다. 칸칸이 놓여 있는 수많은 약과 크고 작은 시럽 병, 자동 포장기, 항생제 시럽을 넣어 보관하는 약국용 냉장고 등을 보며 눈이 휘둥그레져 이 많은 약을 어떻게 다 기억하느냐고 물었다. 약사가 되면 다 알게 된다고 하자 고개를 끄덕였다. 똘망한 눈이 더욱 예뻐 보였다.

그해 가을쯤 여학생은 더 이상 약국에 오지 않았다. 엄마의 재혼과 함께 어느 날 훌쩍 사라져버렸다. 수년의 세월이 흐른 지금도 여학생의 초롱초롱한 눈망울을 잊을 수 없다. 약사의 꿈은 이뤘을까? 혹 나를 기억이나 할까? 험난한 세상의 파도를 잘 헤쳐나가 목표를 향해 성숙한 삶을 살고 있으리라 믿는다.

2020. 6.

삶의 무게, 그 뒷모습

바쁜 월요일 아침, 옆 병원 간호사가 처방전을 들고 헐레벌떡 들어오더니 "○○○ 환자 안 왔어요?" 처방전이 바뀌었다고 한다. 환자가 없음을 확인하고 뛰어나간다. 환자 이름을 듣는 순간 정신이 번쩍 들었다. 우리 약국에서 몇 년 동안 혈압약과 심혈관질환약을 드시던 장기처방 환자였다. 몇 달을 안 오시기에 많이 아파 큰 병원으로 가셨거니 짐작하고 잊고 있었다. 간호사에게 물어봤더니 한 달 간격으로 꾸준히 병원에 오셨다고 했다. 바쁜 중에도 꼼꼼히 복약지도를 해 드렸던 환자분이어서 이유가 궁금했다. 혹시…?

단골 환자의 변심은 큰 상처로 남는다. 종합병원 처방전을 들고 병원 앞 대형 약국들이 밀집해 있지만, 일부러 우리 약국을 찾아와 "약 구입해서 조제해 두면 다음 날 찾아갈게요" 하는 단골손님도 있다. 죄송해서 택배로 보내드리겠다고 하면 그럴 필요 없다며 손을 내젓는다. 약국의 하루는 사람 속에서 외로워지고 때로는 위로받기도 한다.

어느 토요일 아침, 겁먹은 얼굴의 여자 손님이 들어온다. 눈에 많이 익은 얼굴인데 생각해보니 몇 년 전 단골 환자였다. 당황한 기색이 역력하다. 이사 간 줄 알았는데 아니었나 보다. '사후 피임약'을 처방받고 싶은데, 멀리 있는 산부인과 말고 옆 내과에서도 처방이 가능하냐고 물었다. 응급 피임약은 1회 1정 복용하고 늦어도 72시간 이내에 복용해야 효과를 볼 수 있다. 시간이 지날수록 효과는 기대할 수 없다. 의사의 처방을 받아야 하는 전문의약품으로 생리와 임신에 관한 호르몬이 함유된 약이다. 급하게 처방을 받아 약을 받아 간 환자가 일주일 후에 환한 얼굴로 약국에 왔다. 임신 테스트기로 확인했다고 한다. 정말 감사하다며 집에서 제일 가까운 거리에 여자 약사님이 계셔서 너무 감사했다고 한다. 그 후로 오랫동안 마음이 잘 통하는 단골 환자가 되었다.

평일 아침 일찍 할머니가 급하게 들어오신다. 혈압약을 장기 복용하신 할머니인데 걱정이 앞섰다.

"약 10일분이 없어졌다고요?"

하루에 한 번 드시는 약인데 난감했다. 병원에 사정을 얘기하고 한 달분을 처방받으셨다. 너무 조용한 성격에 날짜도 잘 지켜 약을 드신 할머니여서, 연세도 많고 혹 기억력에 이상이 있거나 아니면 극심한 스트레스를 받으셨나 여러 가지 생각을 해보았다. 항상 평온해 보이던 할머니 얼굴이 오늘따라 초조하고 쓸쓸해 보였다. 약 봉투를 안은 할머니의 뒷모습에 삶의 애잔함이 묻어난다. 한 달이 지나고 두 달이 지났는데도 할머니는 오시지 않았다.

한참 후 며느리가 3개월 혈압약 처방전을 가지고 약국에 왔다. 할머니가 치매 판정을 받고 어느 정도 진행된 단계여서 자식들의 돌봄을 받아야 하는데, 그럴 형편도 아니어서 집에서 멀리 떨어진 시골 한적한 요양원에 모셨다고 한다. 70대 후반이지만 벌써 요양원으로 모시기에는 혈압 말고는 다른 큰 질환도 없으셨는데, 집에 계시면서 자식들의 보살핌으로 여생을 사셔도 아직은 충분한데…. 연고도 없는 그리고 의사도 없는 요양원이라니. 마지막 본 할머니 얼굴이 그렇게도 쓸쓸해 보였던 것은 할머니도 떠나야 한다는 것을 어렴풋이 알고 계셔서였을까. 요양원에서 중환자실로 그리고 영안실로 이어지는 슬픈 할머니의 얼굴이 떠오른다.

창문 너머 젊은 엄마가 아기 손잡고 다정하게 걸어가는 모습이 눈에 밟힌다.

　할머니도 어느 때는 저런 모습이셨을 텐데….

2020. 10.

약국 아줌마

80년대 약국은 모든 것이 천천히 돌아가는, 지금과는 비교할 수 없는 정겹고 포근한 곳이었다. 대부분의 동네 약국엔 정수기도 없고 에어컨도 없었다. 카운터에는 사각 쟁반에 플라스틱 물병과 컵 두 개가 놓여 있고 여름엔 벽걸이 선풍기가 돌아가고 있었다. 더운 여름날, 약을 먹으려 물을 따른 손님은 미지근한 물을 마시며 짜증을 내기도 했다. 하루 몇 번씩 냉장고에 따로 넣어 둔 물병과 바꾸어 놓거나 냉동실 얼음을 꺼내 섞기도 하였다. 겨울이면 약국 한가운데 놓여 있는 가스스토브에 커다란 스테인리스 주전자를 올리고 손님들에게 따뜻한 보리차를 대접했다. 들어오는 손님들마다 구수한 냄새가 좋다며 티타임을 즐겼다.

요즘 약사들이 들으면 웃을 일이지만 당시엔 자동 스틱 포장기가 없어 약을 조제할 때면 노루지 약포지 하나하나에 약을 올려놓고 손으로 일일이 접은 후 봉투에 넣는 수작업을 해야만 했다. 한 달 분 이상 장기 조제할 환자가 오면 반가운 마음보다 우선 겁부터 났다. 90포를 만들어 봉투에 넣고 나면 목도 뻐근하고 손목이 저렸다. 다행히 바쁘다고 재촉하는 손님이 없어 항상 고마운 마음이었다. 자양 강장제로는 박카스 디, 알프스, 원비 디, 영진구론산 등이 있었고 음주 전후에는 청계약품의 쿨탑이 제일 인기였다. 여름엔 배탈, 설사, 겨울에는 감기몸살 환자가 대부분이었다. 3세 미만의 영·유아가 고열과 감기로 약국을 찾을 때는 해열제 시럽과 종합 감기약 시럽을 주며 용법과 용량을 잘 설명하지만, 꼭 조제를 원하는 단골 환자도 있어 난감할 때도 있다. 조제기록부를 참조하여 조제하면서 온 신경이 곤두서기도 했다.

그 시절엔 외상장부도 있었다. 단골손님에게는 늘 통용되는 일이었다. 약값을 바로 잘 갚는 사람도 있고 소리 없이 얼굴을 안 보인 사람도 많았다. 대부분 집에 전화가 없어 연락도 할 수 없었다. 쉬는 날, 길을 가고 있는데, 건너편에서 꼬마가 엄마 손을 잡고 오면서 "박카스 아줌마 안녕하세요." 하며 반갑게 인사한다. 늘 엄마 따라 약국에 와 엄마가 먹고 남겨 준 박카스를 마시는 녀석이다. 그때는 약사라는 호칭보다 약국 아줌마라는 호칭이 더 많았다. 아줌마라는 말에는 좀 더 가깝고 친근하다는 의미가 담겨있어 오히려 정겹게 느껴졌다.

날마다 약국에 와 빈 병과 파지를 주워 가는 아저씨는 항상 밝은 웃음에 유머가 넘쳤다. 유쾌한 웃음 뒤에 혹 숨기고픈 슬픔이 있는 건 아닐까 간혹 궁금했는데 마침 손님이 뜸한 오후, 아저씨는 속내를 털어놓는다. 1·4후퇴 때 혈혈단신 부산으로 피난 와 부둣가에서 막노동을 하다 서울로 상경해 교회 집사님의 소개로 이 일을 시작하면서 제2의 삶을 살고 있다고. 혼자서 외롭게 살지만, 지금이 제일 행복한 시간이라며 활짝 웃는다.

갑자기 밖이 시끄러워 내다보니 옆 가게 복덕방 아저씨가 팔을 걷어붙이고 소리를 지르며 싸우고 있다. 고함을 치다 말고 약국에 들어와 뒷목이 뻐근하다며 우황청심원 한 알을 박카스와 씹어서 드시고는 흥분을 가라앉힌다. 돌아서는 아저씨 뒷모습에서 험한 세상 가족을 책임져야 하는 아버지의 외롭고 쓸쓸한 모습을 본다.

의약 분업이 시작된 지 20년 세월이 흘렀다. 처방전 입력, 보험 청구 등 모든 것이 전산화 작업으로 이루어져 숫자와의 싸움은 더욱 치열해졌다. 환자의 투약 과정에서 단 한 번의 실수도 용납되지 않는 살벌한 분위기가 되었다.

약국 아줌마라고 부르던 그때가 그립다.

2020.

달콤한 '칵테일 사랑'

겨울이 지나고 봄이 오면 약국 창밖으로 보이는 거리의 풍경에 가슴이 설레기도 했다. 겨울의 칙칙함을 벗어 버리고 산뜻하고 가벼운 옷차림을 한 사람들이 시간에 쫓기지 않고 여유롭게 거리를 활보하는 모습이 부러웠다. 생업에 뛰어들어 얻는 것보다 잃어버린 것이 더 많은 현실 앞에서 후회도 했고. 그러나 세상은 만만치 않아 전문직을 가진 여성들이 직업을 뒤로하고 평범한 가정주부로 사는 것이 주위에서는 생각 없는 사람으로 인식되기도 했다.

일반약 가격이 약국마다 달라 소비자들이 불만을 토로할 때가 많았다. 빈번하게 많이 찾는 일반약 100가지 품목을 대한약사회에서 표준 소매가를 정해 놓고 가격 이하로 난매를 할 때는 약사법 위반으로 처벌을 받게 되었는데 어느 날부터 의견이 분분하더니 이 조항이 없어져 버렸다. 결국 대형 약국의 가격 경쟁에 밀려 일반약의 매출은 급감하였다. 심지어는 약국에 들어오지도 않고 빠끔히 고개만 내밀고 "여기는 박카스 한 상자에 얼마 받아요?" 하며 물어보고 고개를 갸우뚱하며 그냥 지나가는 사람도 있었다. 나중에는 대꾸하기도 귀찮아 박카스 없다고도 했는데 그럴 때는 웃음이 나오기도 했다.

좋은 식생활 습관과 규칙적인 운동, 충분한 휴식을 취할 수 있는 사람들에겐 약의 도움이 별 필요 없지만 매일 육체노동에 시달리며 하루하루 힘들게 살아가는 사람들은 약에 의존해서 힘든 삶을 영위한다. 몸에 붙이는 파스와 진통소염제로 버티며 살아가는 이웃 사람들에게 비타민제와 건강보조식품을 팔 때는 이유 없이 미안했다. 영양제보다는 균형 있는 음식 섭취가 제일 좋다고 하는 약사의 말은 시간과 환경이 따르지 않는 사람에겐 공허한 메아리일 뿐이다. 약이라도 사 먹어야 일을 할 수 있다며 뒷주머니에서 꼬깃꼬깃 모아 둔 돈을 꺼낼 때는 나도 장사꾼이구나 하는 슬픈 생각이 들었다.

약 복용법을 설명할 때 영양제나 건강보조제는 하루 2회로 줄여 복용할 것을 권유한다. 약의 중독성과 소화 불량을 예방할 수 있기 때문이다. 또 컨디션이 좋아지면 하루 이틀 쉬는 방법을 권유한다. 치료약이 아닌 일반약, 특히 비타민제인 경우 하루도 거르지 않고 계속 먹다가 끊으면 습관성과 부작용으로 괴롭기까지 하다. 계속 약에 의존할 수는 없기 때문이다. 할머니 한 분이 약을 다 드시고, 영양제가 너무 효과가 좋아 피로하지 않고 계속 일할 수 있게 되어 감사하다며 구운 김과 시장에서 산 양말 세 켤레를 놓고 가셨다. 너무나 소중한 양말을 얼른 신지 못하고 가슴에 새겼다.

손님도 없는 화창한 봄날 오후 나른함에 빠져 있는데, 길 건너 전파사에서 경쾌한 리듬의 음악이 울려 퍼졌다. 귀 기울여 들어보니, 요즘 히트 중인 마로니에의 '칵테일 사랑'이다. 가사 내용 중에, 한 편의 시가 있는 전시회장, 향기로운 칵테일, 어느 작은 우체국 앞 계단, 후레지아 꽃향기, 모차르트 피아노협주곡 21번. 너무나 가슴 설레게 하는 노랫말에 흠뻑 취했다. 누구나 젊었을 땐, 봄을 만끽하며 이런 싱그럽고 순수한 사랑을 해보고 싶지 않을까?

'칵테일 사랑'의 가사를 음미하며, 젊은 날을 그리워하지만 삭막하고 치열했던 청춘 시절로 되돌아가고 싶지는 않다. 늙어가며 모든 걸 내려놓고 느슨하게 풀어진 채로 내가 하고 싶은 것만 하고 살아도 되니 이 얼마나 좋은가.

2019. 9.

쓸쓸함에 대하여

노년은

삶의 여정 중에서 마음을 비우며

살아가기에 가장 좋은 나이인 것 같다.

시간에 쪼들리지 않고 자연과 하나 되어

멍하니 앉아 있어도 좋고,

차분하며 관대해진다.

- 본문 중에서

살려고 오른 세상

지난주 인터넷 뉴스에 실린 칼럼 제목이 눈에 띄었다. '90310 소의 경로' '살아남았어도 살아남지 못했다. 살아서 땅을 밟은 소에게 허락된 400여km 여정의 끝엔 삶이 없었다.'

지난해 5월 25일 태어난 월령 15개월 된 어린 송아지 90310(이력제 시스템에 등록된 12자리 등록표). 어미 소는 죽어 덤프트럭으로 실어 가고 어느 지붕에서 구조돼 살아왔으나 일주일 안 돼 김해로 보내져 도축. '등외' 판정받고 kg당 4,020원 낙찰.

90310은 구례에서 태어나 경남 김해에서 도축되고 구미에서 포장돼 영남 전역으로 판매됐다. 지붕에서 마트까지 90310이 밟은 거리는 400km다. 이 어린 소는 살아생전 땅 위에서 몇 걸음이나 걸었을까? 귀를 뚫어새긴 숫자 90310은 가장 나이 어린 이름 없는 그 소의 이름이었다. 그를 먹는 세계에서는 보이지 않는 경로였다. 공포에 질린 다리로 버티고 섰던 지붕은 90310이 살기 위해 기어오른 '세상의 꼭대기'였다. 필사의 발버둥으로 목숨을 건져 올렸으나 그 꼭대기에서 내려오자마자 목숨이 떠내려갔다.

제목을 읽고 한 두 줄 읽어 내려가다, 더 이상 뉴스 보기를 포기했다. 슬픔을 억누르며 이 기사를 끝까지 읽는 데 한 시간이 걸렸다. 축사 지붕 위에서 살려고 발버둥 치고 있는 제일 어려 보이는 90310을 헬기로 살려낸 소방대원은 며칠 후 이 어린 소가 도축되었단 소식에 할 말을 잃었다고 한다. 이렇게 살아남은 어린 소를 도축해야만 했던 주인은 어떤 마음이었을까. 시간이 흐른 후 마음을 추스른 그가 사라진 어린 소를 그리며 통곡하지 않았을까.

지난여름, 기후 위기가 부른 역대 최장기 장마, 전국서 1,213마리의 소가 죽고 실종되었다. 이번 폭우 때 섬진강 범람으로 축산 농가가 밀집해 있는 구례 양정 마을에서 일어난 일이다. 물에 잠긴 땅에서 살기 위해 올라간 지붕에서 사람들을 내려다보며 소들이 울부짖었다. 그들은 구겨져 칼날처럼 날카로운 양철 지붕에 찔려 피를 흘리면서도 구조되길 포기하지 않았다. 인간이 부른 재난 한가운데 인간의 음식으로 사육되던 생명이 인간이 피한 자리에 남겨져 죽음을 맞았다. 인간들이 시뻘겋게 달군 지구는 인간보다 소들에게 더욱더 뜨거웠다. 수해에서 살아남고도 긴급 도축된 소들이 구례에서만 213마리였다.

대장 소가 무리를 이끌고 산사(구례 사성암)로 올라갔다. 그 소들의 모습이 도로와 절에서 카메라에 잡혀 뉴스로 전파됐다. 물이 따라오지 못하는 산속 절로 달려가 풀을 뜯고, 파손된 지붕 위에서도 피를 흘리면서도 생명을 포기하지 않고 구조되기를 기다리는 모습. 오직 인간에게 먹히기 위해 길러진 소들도 인간만큼이나 살고 싶어 하는 생명이란 사실을 인간 세계에 각인시켰다.

고향 집 행랑채 사랑방 옆에는 소 외양간과 돼지 축사가 있었다. 대학 등록금 철이 되면 10년 넘은 어미 소는 하나둘 사라지고 새로운 송아지를 맞았다. 들에서 힘들게 일하고 돌아온 소를 보면 눈언저리에는 늘 땀인지, 눈물인지 흥건히 젖어있었다. 힘들다거나 원망하는 눈빛이 아닌 소를 보며 삶과 죽음마저 초월한 것 같았다. '90310…'의 기사를 읽으며, 10년 동안 내 친구였던 '나의 소'를 떠올렸다. 어미 소와 이별하는 송아지의 울음소리와 함께, 반질반질한 소 등의 촉감도.

영화 '워낭소리'가 떠오른다.

인간과 소의 40년 동행, "사람은 가끔 마음을 주지만, 소는 사람에게 전부를 바친다."

2020. 11.

24시 김밥천국

　남편과 함께 시골에 내려갔다. 늦은 시간 성남 시외버스 터미널에 도착했다. 시간을 보니 오후 8시가 훌쩍 넘었다. 저녁을 해결해야 하는데, 가볍게 먹을 수 있는 곳을 찾다가 '24시 김밥천국'이 눈에 들어왔다. 밤시간이어서 그런지 한 테이블에만 손님이 김밥과 라면을 먹고 있었다.

　자리에 앉아 메뉴판을 둘러보니 수십 가지 메뉴가 있어 선택의 어려움이 느껴졌다. 서민들이 가볍게 즐기는 한식과 분식이 모두 모여 있다. 그렇다고 특별한 메뉴도 없다. 김밥, 분식, 찌개, 식사류, 볶음밥 그리고 떡볶이… 가짓수가 너무 많아 음식을 제대로 하는 집은 아닐 것 같다. 결단력 있다고 생각했던 남편도 선뜻 메뉴를 고르지 못하고 망설이고 있다. 다행인 것은 주방일이 바쁜지 메뉴 독촉을 하지 않았다. 나는 따듯한 국물이 먹고 싶어 얼큰 수제비를 시켰다. 남편은 한참 고민하다 분식은 싫고 스페셜 정식을 먹겠다고 했다. 정식은 돈가스에 야채김밥, 쫄면이 한 접시에 나온 음식이었다. 단골로 자주 오는 사람은 쉽게 고를 수 있지만, 자칫 잘못 선택해 후회할 수도 있겠다는 생각이 든다.

기다리면서 주방으로 눈이 갔다. 나이 드신 할머니와 할아버지 두 분이 바쁘게 손을 놀리고 계셨다. 남편에게, 메뉴가 이렇게 많은데 분식집에 연로하신 노인 두 분이 어떻게 가게를 운영할 수 있을까 궁금하다고 했더니, 남편은 지금부터는 한가한 시간이니 일하는 아르바이트 아줌마들 퇴근 시키고 두 분이 좀 하시다가 문을 닫을 거라고 했다.

주문한 지 10분도 채 안 되어 음식이 나왔다. 남편은 푸짐하게 큰 접시에 나온 음식을 보더니, 가격 대비 괜찮다고, 냉동 돈가스 맛이기는 하지만 먹을 만하다고 했다. 13,000원을 내면서 저렴한 가격에 오히려 미안한 생각이 들었다.

손님이 없어 한가한 틈을 타 할머니에게 몇 시에 퇴근하시냐고 물었더니, 주인은 따로 있고 할아버지와 함께 오후 8시부터 새벽 2시까지 파트타임으로 일하신다고 했다. 손님은 10시 넘으면 끊어지고 가게를 지키면서 다음날 써야 할 재료 준비를 마무리해놓고 퇴근한다고 하셨다. 고개를 내밀어 주방을 들여다보니 할아버지가 구부정한 허리로 대파를 다듬고 계셨다. 힘드시지 않냐고 물었더니, 지병으로 고생하는 할아버지 병원 치료비가 많이 들어, 지금도 일을 찾아 해야만 한다고 하셨다. 자식들은 부모님 형편을 알고 있는지 궁금했다. 삼 남매가 모두 힘들게 살고 있어서 우리가 여유 있으면 오히려 보태주고 싶다며 쓸쓸히 웃으신다. 서서 일하시느라 퉁퉁 부은 다리를 보며 더 이상 물어볼 말을 잃었다. '안녕히 가세요' 하는 할머니의 인사말에 귀에 익숙한 상투적인 말이 아닌 할머니의 따뜻한 마음이 그대로 느껴져 뒤돌아보며 가슴이 울컥했다.

몇 개월 후 우연히 김밥천국을 지나다가 할머니 생각이 나 가게에 들렀다. 젊은 아줌마가 주방에서 일하고 있었다. 얼큰 수제비를 주문하면서, 여기서 일하시던 할머니가 안 보인다고 묻자 할아버지가 많이 편찮아 그만두셨다고 하며 아직 사람을 못 구해서 걱정이라고 했다.

한 숟갈 뜨다 말고 음식점을 나왔다. 퇴근 시간에 출근해 새벽 2시까지 일하신다는 할머니 얼굴이 잊혀지지 않는다. 분식점에서 싸고 맛있게 먹은 음식은 슬픈 할머니의 얼굴이었다.

2020.

어느 봄날 민들레

비를 흠뻑 들이킨 민들레가 노란 우산 꽃을 활짝 펼쳐 들고 있다. 맨홀 뚜껑을 뚫고, 척박한 콘크리트 틈새로 뿌리를 내리고 생명을 피워낸다. 밟히고 또 밟혀도 아무 일 없었다는 듯 활짝 웃고 일어난 민들레. 길섶에 차린 보금자리에서 또래 이웃들과 어울려 피어있다. 잡초들 사이로 샛노란 민들레꽃이 내 눈에 들어왔다. 꽃으로 피어난 순간부터 이별을 준비해야 하는 안타까움에.

문득 시인 이문재의 '민들레 압정'이라는 시가 떠올랐다.

오늘 아침, 꽃대 끝이 허전했습니다/ 지난봄부터 민들레가 집중한 것은 오직 가벼움이었습니다/ 꽃대 위에 노란 꽃을 힘껏 밀어 올린 다음, 여름 내내 꽃 안에 있는 물기를 없애왔습니다. 물기가 남아 있는 한, 홀씨는 바람에게 들켜 바람의 갈피에 올라탈 수 없습니다./ 바람에 불려가는 홀씨는 물기의 끝 무게의 끝입니다./ 민들레는 꽃대를 말아 올리며 지극한 헤어짐을 준비합니다/ 홀씨들을 날려 보낸 민들레가 압정처럼 박혀있습니다.

만나는 순간 이별을 준비해야 하는 민들레, 노란색 꽃도 아름답지만 지고 난 자리에 흰색 홀씨일 때 빛나 보인다. 민들레꽃은 하얀 씨가 되어 바람의 갈피에 올라타기 위해 가벼움을 추구해야 하지만 그 줄기는 봄부터 꽃 피우기까지 영양공급을 위해서는 통통함을, 또 마를 때까지 비바람을 이겨내기 위해 단단함을 유지해야 한다. 홀씨의 가벼움, 줄기의 굳건함, 뿌리의 튼튼함으로 두루 함께하는 민들레. 민들레는 또 한 번 기적을 만들었다.

꽃대를 말리면서 정성을 다하는 민들레를 보면 부모님 생각이 난다. 민들레 씨앗들이 떨어져 나온 곳을 뒤돌아보지 않은 채 훨훨 날아가듯 이기적인 자식들은 부모님의 그 슬픔을 알 수나 있을까.

이른 봄철 입맛 없을 때, 민들레 연한 잎을 사 와 끓는 물에 소금 떨구고 파랗게 데쳐 찬물에 헹구어 낸다. 꽉 짠 후 적당한 크기로 썰어 된장, 파, 마늘, 참기름 넣고 무치면 쌉싸름하면서 봄 입맛 돋우는 건강 반찬으로 최고다. 그러나 민들레 나물무침은 이제 먹을 수 없을 것 같다. 그 작은 꽃 안에 커다란 우주가 담겨있음을 알게 되었으니.

박완서의 '옥상의 민들레꽃'에서 "흙이랄 것도 없는 한 줌의 먼지에 허겁지겁 뿌리내리고 눈물겹도록 노랗게 핀 민들레꽃을 보자 갑자기 부끄러운 생각이 들었습니다. 살고 싶지 않아 하던 게 큰 잘못같이 생각되었습니다." 삶이 시들해진 나에게 또 하나의 화두를 던진다.

이른 봄, 길섶 어디서나 볼 수 있는 민들레가 오늘 이 아침, 이렇게 가슴 절절한 슬픔으로 다가올 줄이야.

봄날 길섶에서 먼지를 뒤집어쓰고 함빡 웃고 있는 민들레, 기르는 꿈은 솜털 씨앗, 가슴 아픈 이별이지만 약속된 이별을 준비하고 있는 민들레가 압정처럼 가슴에 박혔다.

2021. 3.

내가 위로해 주고 싶은 바다

약국을 할 때는, 여름 휴가철 3박 4일의 짧은 여정에 고속도로를 꽉 메우던 피서 행렬 속에 겁도 없이 끼어들었다.

주차장이 돼버린 고속도로 차 안에서 지루하고 답답했지만 파란 바다를 떠올리며 마음은 한없이 즐거웠다. 이렇게 짧은 여행이나마 할 수 있는 여유가 주어진다는 것이 삶에 활기를 주어 고맙게 느껴졌다.

싱그러운 해송과 끝이 보이지 않는 바다와 마주 서면, 멀리서 달려온 나에게 고생 많았다며 팔 벌려 품어 안아준다. 수많은 인파에 휩쓸려 고생도 많았지만, 마음을 옥죄이던 무거운 짐을 바다에 훌훌 털어 버리고, 마음을 비운 채 돌아와서는 일상의 소중함을 다시 깨닫기도 하였다.

누구나 여행이라면 유명한 장소와 맛집을 찾아 이곳저곳 바쁘게 돌아다니지만 나는 마음에 드는 한 곳을 만나면 거기에 머무르기를 원한다. 애들이 어렸을 때 파도 타며 물놀이하기 좋은 삼척 아래에 있는 용화 해수욕장을 처음 찾은 이후 그곳 민박집 아줌마의 순박한 정을 못 잊어 피서철이 되면 어김없이 그곳을 찾았다. 매년 똑같은 장소만 찾는 엄마에게 시원한 계곡이나 다른 바다도 보고 싶다며 볼멘소리를 하기도 했다.

젊어서는 어서 편히 쉬는 날을 손꼽아 기다렸다. 세월은 빨리도 흘러, 지금은 생각나면 언제든 바다를 찾는다. 시간에 쫓기지 않는 여유로움 속에서 찾은 바다는 넉넉하고 편안해서 좋다. 하지만, 바쁜 시간 틈내어 한걸음에 달려온 바다와 마주하며 느꼈던 짧고도 짜릿한 시간이 그립기도 하다. 그 휴식은 힘든 노동 후에 바다가 나에게 베풀어준 보은의 시간이었다.

늦가을에 동해안의 장호항을 찾았다. 방파제 주변으로 갯바위가 잘 형성되어 갈매기가 꽃밭을 이루는, 여유롭고 넉넉함이 묻어나는 한적한 어촌이다. 포구의 바위섬에 갈매기들이 무리지어 장관을 이룬다. 사람도 없는 한적한 바다에 찾아온 나를 한눈에 알아보는 듯, 갈매기 한 마리가 살며시 내 옆에 앉는다. 날개깃을 털며 잠시 앉아 있다가 다시 수평으로 날기도 한다. 리처드 버크의 '갈매기의 꿈'에 나오는 주인공 조나단 리빙스턴 시절. 먹이를 얻기 위해 고기잡이배와 해변 사이를 단조롭게 오가는 많은 갈매기와는 달리, 더 자유롭게, 더 높이 나는 법을 배우려고 끝없이 노력하는 조나단의 삶은, 익숙함에 길들여 사는 우리에게 많은 의미를 깨우쳐 준다.

얕은 바위섬에 앉아 구름에 조금 가려진 회색빛 노을의 장엄함에 숨이 막힌다. 해는 순식간에 사라지고 또 다른 색으로 하늘과 바다가 채워지고, 순간순간 변하는 자연의 경이로움에 흠뻑 빠져든다. 날이 어둑해져 숙소에 돌아와 누워 밤새 뒤척이며 파도 소리에 귀 기울인다. 사람으로 부대끼는 여름날의 피로함도 멀리한 채 칠흑 같은 어둠 속에서 파도는 끝도 없이 밀려오고 밀려난다. 나이 들어 찾은 바다는 젊은 날의 낭만과 시끄러움을 멀리한 채 깊은 성찰의 시간을 갖게 한다. 뾰족이 날이 서 있던 내 마음이 파도 소리에 깎여 몽돌이 된다. 바다가 내게 주는 위로와 감사함이다.

새벽이 되어 출항한 오징어 통통배는 몇 시간의 작업 끝에 만선의 기쁨을 안고 돌아온다. 어부들은 부지런히 그물을 끌어 올리느라 정신이 없다. 한가득 퍼다 넣은 플라스틱 통 안에서 끼룩끼룩 우는 오징어 울음소리를 들었다. 오징어가 울 수도 있다니! 점심나절, 갓 잡은 싱싱한 오징어 회를 먹겠다던 나의 욕심은 너무나 이기적이었다.

어부들의 만선의 기쁨은 소리 내어 우는 수많은 생명체의 슬픈 이별이었다. 어부들이 할퀴고 간 바다는 언제 그랬냐는 듯 흔적도 없어지고 다시 밀려와서는 또다시 손짓하며 아우성친다. 자식들에게 한없이 내어주고 깃털같이 가벼워진 어머니 품 같은 바다, 그래서 내가 위로해 주고 싶은 바다….

오늘도 바다는 침묵한 채 파도만으로 쓸쓸함을 전한다.

2020.

설거지통 속에도 시가 있다

아침 식사 후, 설거지를 하는데 갑자기 영화 속 대사가 떠올랐다. 이창동 감독의 '시'(poetry)라는 영화에서 소탈하면서도 텁텁한 이미지의 김용택 시인이 '김용탁 시인'으로 깜짝 등장해 한 말 "시는 찾아오지 않아요, 내가 찾아가서 사정해야 합니다, 설거지통 속에도 시가 있습니다." 슬그머니 웃음이 나온다.

주부들에게 설거지는 스트레스로 남지만, 이런저런 많은 생각이 떠오르는 절묘한 시간이기도 하다. 설거지하다 말고 볼펜을 찾아 시상을 메모해 둔다. 내 주위의 크고 작은 일들이 메모지에서 빛이 난다.

영화 속 주인공 미자 할머니(윤정희 扮)는 간절히 시를 쓰고 싶어 하지만 무엇을 써야 할지 몰라 항상 고민한다. 창작의 고뇌에 대해서도 많은 생각을 하게 한다. 영화 속 명대사 "시를 쓴다는 것이 어려운 것이 아니라 시를 써야겠다는 마음을 먹는 게 더 어려운 거죠."

시인의 탄생이 죽음으로 연결된 삶의 모순을 보여 주면서, 아름다운 시와 공존하는 폭력에 무감각한 인간을 준엄하게 꾸짖는, 잔잔하고 영상이 고운 에세이 같은 영화이다. 나는 이창동 감독을 좋아한다. 깨끗한 영혼을 가진 작가이자 철학자라는 것을 느끼게 해 주는 감독이다. 상업성이 강한 영화가 주를 이루는 요즘, 잔잔한 울림을 주는 그의 작품이 좋다. 데뷔작 '초록 물고기'를 떠올릴 때마다 공중전화기 앞에서 울부짖는 주인공(한석규 扮)의 얼굴이 떠올라 가슴이 저려온다.

요즘 들어서는 일부러 시간을 내어 영화관에 가는 일이 거의 없다. 보고 싶은 영화가 없기 때문이기도 하다. 최근 TV 주말 명화극장에서 소개된 앤서니 홉킨스 주연의 '남아 있는 나날'(the remains of the day)을 보았다. 아주 오래전에 상영된 영화로 볼 기회를 놓쳤는데 반가웠다. 일본 태생의 영국 작가 가즈오 이시구로의 작품으로 2017년 노벨문학상을 수상한 작품이다. 1930년대 영국의 격동기를 그리고 있는 이 영화는 청춘을 다 바쳐 영국 귀족을 모셨던 늙은 집사가 인생의 황혼기에 비로소 깨달은 삶의 가치, 그리고 잃어버린 사랑에 관한 허망함

과 애잔함을 그려낸 이야기다. 앤서니 홉킨스의 섬세하고 절제
된 연기를 보는 내내 눈물이 났다. 영화 '양들의 침묵'에서 사이
코패스 연쇄 살인마를 연기했던 배우였다는 것이 더욱더 나를
매료시켰다. 이런 명배우가 또 있을까? 아직도 살아있음에 감
사하고 한 편의 영화라도 더 감상할 수 있는 날이 오기를 기대
한다.

한가한 오후 산책로 뒷길에 서 있는 느티나무를 올려다본다.
겨울이 되어 모든 잎을 떨구고 나목으로 서 있는 나무. 내년 봄
이면 또 다른 생을 맞이할 테니 하루하루 근근이 살아가는 우리
네 인간보다 나무가 한 수 위라는 생각이 든다.

'글은 왜 쓰는가'에 대한 진정한 답을 아직은 얻지 못하고 있
다. 많은 사람이 글을 쓰면서 얻는 자기 위로의 정서라고들 말한
다. 하루를 보내면서 늦은 시간 컴퓨터 앞에 앉아 사유하는 이
시간을 평생토록 간직하고픈 마음이다. 내 주위의 작고 소소한
것들에 눈 돌리고 사는 조용한 하루의 일상이 감사할 뿐이다.

시를 쓰려는 마음으로 산다는 것, 아름다움을 보려는 마음으
로 산다는 것,

이 한 마디가 마음속에 화두가 되어 오래도록 가슴에 남는다.

2019. 10.

봄꽃들의 함성

마음이 복잡하고 생각이 많으면 꽃을 봐도 눈길이 머물지 않는다. 16년 동안 함께 한 우리 강아지가, 앓아오던 심장병이 악화돼 산소 캡을 쓴 채 힘들게 투병하고 있어서일까. 잠깐 짬을 내 혼자 걷는 저녁 산책길이 더욱 쓸쓸하다. 핸드폰이 울려 반가운 친구 목소리라도 들었으면 얼마나 좋을까. 벤치에 앉아 문득 올려다본 가로등 빛에 하얀 별이 쏟아져 눈이 부시다. 언제 이리 폈을까. 여리여리한 순백의 벚꽃이 바람 따라 흩날린다. 올해는 벚꽃 피는 줄도 몰랐다.

청춘 시절에는 해마다 피는 벚꽃의 순백의 화려함에 취했을 뿐, 노년에는 잠깐 피었다 지는 벚꽃이 열병처럼 아프다. 열매를 준비하는 모든 꽃은 그래서 가엽고 마음 아프다. 앞으로 내가 몇 번이나 이 눈부신 봄꽃의 함성을 볼 수 있을까.

길섶에는 이름 모를 잡풀도 아침저녁 모습을 달리한다. 개나리는 활짝 피고 진달래는 금방 터져 나올 기세다. 올봄, 유난히 변덕스러운 날씨에도 자연이 홀로 아름답게 찾아온다. 변하는 건 인간일 뿐, 이번 재앙은 오만한 인간에게 내려 준 신의 혹독한 벌은 아닐까. 해마다 3월이 되면 산책로 양측으로 늘어선 벚나무, 느티나무, 매화나무, 단풍나무의 가지치기를 한다. 잘려나간 가지를 보며 과연 꽃이 필까 했는데 꽃은 피었다. 아주 활짝. 살아오는 동안 내 소망의 자리들도 몇 번이나 가지가 잘려나갔다. 날카로움과 뾰쪽함은 사라지고 순하게 둥글어져 있다. 매일 바쁘다고 소리치며 살아갈 때는 눈에 보이지 않던 꽃나무 위, 새 움도 이젠 보인다. 바로 곁에 있어도 아름다움이나 소중함을 느끼지 못하고 살아왔다.

산책로 콘크리트 사이로 뾰족이 돋아난 들꽃. 고개 숙여 자세히 들여다봐야 보이는 땅에 낮게 피어있는 예쁜 보라색 풀꽃, 제비꽃을 닮았다. 지나가는 사람들의 발길에 밟혀 자취도 없이 사라질 슬픔을 생각한다. '자세히 봐야 아름답고 자주 봐야 아름답다'는 나태주 시인의 글처럼 늘 되돌아보고픈 풍경이다.

꽃의 아름다움과 육신의 늙어감이 대비된다. 몸의 컨디션이 작년 다르고 올해 다르다는 느낌을 받을 때, 서글퍼진다. 세상은 칼춤 추는 것처럼 살벌하고 인생의 좋은 시절은 다 가버렸구나 하는 비관적인 생각이 든다.

변치 않고 찾아준 하얀 벚꽃 그늘 아래, 늘 무겁고 불편한 오늘에서 벗어나 아무 생각 없이 누워있었으면. 벚꽃에는 벌들이 앙앙거리고 꽃나무 가지에는 새들이 날아와 지저귀고 이 가지에서 저 가지로 날아 옮겨 앉는다.

만개한 벚꽃보다 꽃잎 밀어내는 파릇한 이파리 돋을 때, 한 해를 살아갈 강인한 초록의 생명력이 그 안에 담겨있기에 벚꽃 사라진다 해도 슬프지 않은 이유다.

2021. 3.

노년의 자유

아침에 눈을 뜨니, 오전 10시다. 꿀잠을 잔 모양이다. 집안이 너무 조용해 둘러보니 남편은 외출하고 우리 집 강아지만 내 옆에 앉아 배고프다고 나를 쳐다보고 있다. 일을 그만두고 맞이하는 나만의 시간이다. 머리도 무겁고 온몸이 찌뿌둥하다.

밖을 내다보니 비가 내린다. 비만 오면 어김없이 삭신이 쑤신다는 옛 어른 말이 떠오른다. 아침 10시까지 누구의 잔소리 한 번 듣지 않고 느긋하게 잠잘 수 있는 편안함. 모든 의무감에서 해방된 이 자유는 축복일까, 아니면 나의 역할 상실에서 오는 쓸쓸함일까.

배고프다고 보채는 강아지에게 먼저 밥을 주고 아침을 먹는다. 혼자서 먹는 아침은 국 하나와 김치, 나물 반찬 하나, 그리고 김이다. 남편이 옆에 있었다면 이런 메뉴의 식사는 있을 수 없는 일. 젊어서는 서로에게 맞추려 노력했지만, 나이 들어 이제는 나하고 다름을 인정하고 존중하는 관계로 발전되었다. 어쩌다 라면을 먹을 때가 있다. 건강을 생각해서 콩나물 넣고 수프 양 좀 줄이고 팽이버섯, 브로콜리 넣고 마지막 계란과 김까지 구워서 끓여내면, 남편은 얼큰한 맛은 안 나고 농도가 희석되어 맹탕이라고 한다. 번거롭지만, 냄비 두 개에 각자의 라면을 끓인다. 간편식이 아닌, 손이 더 가는 메뉴가 되어버렸다.

오후가 되어 비가 그치고 해가 나기 시작했다. 멍하니 있는데, 가까운 거리에 사는 친구에게서 전화가 왔다. 집 앞에 왔다고 잠깐 내려오라고 한다. 남편도 없으니 들어오라고 했더니 바쁜 일이 있어 바로 가야 한단다. 친구는 부스스한 내 머리를 보더니 "너, 오늘 늦잠 잤구나" 하면서 매생이 두 봉지와 생굴을 내민다. 오랜만에 장흥 특산물인 매생이를 보니 고향 생각이 났다.

어렸을 때, 큰 가마솥에 별다른 양념 없이 쌀뜨물에 생굴과 파, 참기름 넣어 끓이다가, 맨 마지막 깨끗이 씻어놓은 매생이를 넣어서 한 솥 가득 끓여낸 매생잇국은 겨울철 보양식으로 온 식구들의 입맛을 돋워 주었다. 비위가 약한 내가 흐물흐물한 매생이가 싫어서 안 먹으려고 이리저리 피하면 엄마가 국그릇을 들고 쫓아다니며 떠먹였던 기억이 난다.

매생이와 함께 굴까지 챙겨 온 친구가 친정 언니 같다는 생각을 한다. 가까이 살며 늘 토닥임을 주는 친구가 있어 든든하고 행복하다. 24시간이 자유인 지금의 삶에서, 남편과 나는 집안의 모든 일을 분담해서 하고 있다. 주방에서 역할 분담은 나에겐 더할 수 없는 여유로움이다. 특히 나의 부재시, 더욱더 존재감을 나타낸다.

노년은 삶의 여정 중에서 마음을 비우며 살아가기에 가장 좋은 나이. 시간에 쪼들리지 않고 자연과 하나 되어 멍하니 앉아있어도 좋고, 차분하며 관대해진다.

김형석 교수님은 인생의 황금기가 65세에서 75세라고 하셨다. 괴테가 '파우스트'를 완성한 것이 80이 넘어서였고, 미켈란젤로는 베드로 대성전의 돔을 70세에 완성했다고 한다. 모두 위로가 되는 말이지만, 몸이 먼저 나이를 알아채고 여기저기서 신호를 보낸다.

병에 걸리면 열심히 투병할 것이고, 언제고 떠날 준비를 해야할 것이다. 죽는다는 말보다는 '돌아 갈래'로 표현하면 어떨까?

이제까지는 세상이 정해 놓은 길. 주변에 원하는 길을 따라왔다면 남은 삶은 내가 선택하고 책임지며 살고 싶다.

2020.

복 부르는 제비는 어디에

입춘이 지나서일까, 까치들 소리가 요란하다. 한 쌍의 까치가 나무 위를 오르락내리락, 부지런히 실 가지를 물어다 차곡차곡 쌓아 올리며 정성스레 둥지를 만들고 있다. 작년에 지어놓은 빈 둥지가 바로 옆 나무에 있는데, 가늘고 높은 옆 가지에 새로 짓는다. 다른 새라도 주변에 오게 되면 사납게 울어대며 경계를 했다.

나뭇가지를 하나씩 겹치게 쌓아 둥그런 모양의 둥지를 짓는다. 잘 엮이지 않다 보니 계속해서 가지를 떨어뜨린다. 오후에 산책로를 걷다 보니 까치집 아래 떨어진 잔 나뭇가지가 나무 밑에 수북이 쌓여 있다. 튼튼하고 아늑한 둥지를 잘 만들어 봄날에 태어난 새끼가 어미의 보호 아래 까마귀 같은 큰 날 짐승에게 습격당하지 않고 잘 살아줬으면 하는 바람이다.

까치집과 함께 또 하나의 봄을 몰고 오는 제비. 음력 삼월 삼 짇날이면, 산과 들에 꽃이 피기 시작하고 각종 벌레 등 먹잇감 이 풍부해 번식 채비를 하려고 적합한 시기에 어김없이 우리 집 처마 밑을 찾아왔던 제비. 이 시기를 어떻게 그리 잘 알까. 예전 에 지어둔 둥지가 있는데도 접착력이 좋은 논흙과 마른 풀을 엮 어 멋있는 새 둥지를 만들어 새끼를 낳는다. 새끼들의 배설물이 마루에 떨어져 깜짝 놀라, 얇은 함석을 오려 배설물받이를 설치 했다. 어미가 날라준 먹이를 부지런히 먹고 자란 새끼들이 둥지 를 떠날 채비를 하면 왠지 섭섭했다. 어미는 둥지를 떠난 새끼 들을 모아 생존의 지혜를 가르치며 머나먼 여정의 길을 떠난다.

검은 정장을 입은 멋진 신사를 연상케 하는 제비는 공중에서 높이 날다가 땅 위를 스치듯 자유자재로 비행한다. 제비가 물 위를 날며 아래로 쏜살같이 내려가 물을 한 모금 마신 뒤, 발로 물을 힘껏 박차고 공중으로 날아오르는 모습을 일컬어 '물찬 제 비' 같다고 한다.

흥부와 놀부 이야기처럼 우리 삶과 문화에 친숙했던 제비. 그 렇게 흔하던 제비가 요즘은 보기 쉽지 않은 새가 되었다. 이제 제비란 이름은 귀에 익지만, 눈에는 설다. 둥지를 틀기 좋은 전 통 한옥과 초가집이 사라지고 먹이의 주요 서식지인 농경지 축

소, 농약 사용 등 여러 이유로 제비는 우리 곁을 떠났다.

복을 부르고 강남 갔다 다시 온다던 제비, 제비 모습이 보이지 않는 건지, 아니면 제비가 찾지 못하는 환경을 만들어 종적을 감춘 것인지. 올해 삼월 삼짇날, 강남 간 제비가 돌아오고 싶어도 혹 코로나19로 돌아오지 못하는 것은 아닐까.

2021. 2.

눈 내리는 밤

펑펑 내리는 눈은 오랜만이다. 짧은 순간 아파트 단지가 순백으로 변했다. 주차장은 텅 비었고 거실 창문 너머 눈 내리는 풍경은 겨울밤의 멋진 정취를 한껏 깊게 했다.

쏟아져 내린 눈은 까닭 없는 설렘과 아련한 추억을 불러일으킨다. 힘든 시기에 눈 내리는 모습은 하늘이 인간에게 내려준 자연의 선물이 아닌가 싶다. 예쁜 설경을 카톡에 옮겨 보내려는 찰나, 두 친구에게서 동시에 카톡이 왔다. 단독 주택에 사는 친구가 보내준 소복이 눈이 쌓인 휘어진 소나무에 탄성이 절로 나온다. 따뜻한 국화차를 마시며 느긋함과 여유로움에 감사할 따름이다.

생업에 종사할 때는 퇴근하고 돌아와 다음날 큰 눈이 온다는 일기 예보에 안절부절못했다.

어느 겨울, 폭설로 대중교통을 이용하는데, 시내버스가 오르막길에서 멈춰 서 버스에서 내려 긴 터널을 지나 약국까지 걸어가는데, 한 시간이 걸렸다. 앞을 볼 수도 없이 흩날리는 눈보라에 발이 파묻혀 걷기도 힘들었다. 피난민 같은 긴 행렬이 이어졌다. 저녁 뉴스에 눈 온 풍경이 보도되면서 여기저기서 안부전화가 걸려왔다. 지치고 힘든 하루의 일상 속에서 지금은 추억으로 떠올리며 옛 생각에 잠긴다.

흰 눈 내리는 밤이면, 나는 지금도 한겨울 고향 집 뒷마당에 피어있는 새빨간 동백꽃을 잊을 수 없다. 삭풍이 몰아치고 눈보라가 휘날리는 긴 겨울밤, 추위에 벌벌 떨며 꼭 다문 꽃망울을 힘겹게 터트리는 동백꽃. 벌 나비도 날지 않는 꽁꽁 얼어붙은 계절에 생명의 환희를 외치며 빨간 꽃잎에 노란 꽃술로 곱게 단장한 동백꽃. 눈이 소록소록 소리 없이 내리는 날, 무게를 이기지 못하고 송이째 뚝 떨어지는 모습은 아름다움을 넘어 처연함이다. 피어있는 그대로 마당에 떨어지는 동백꽃을 한 달 내내 가슴에 묻었다. 도시의 바쁜 일상에서 까마득히 잊혀간 동백꽃을 생각하면 지금도 붉은색은 가슴 시린 애잔함이다.

붉디붉은 동백 위에 쌓였던 흰 눈, 서로를 빛내준다. 말하지 않아도 서로의 마음을 깊이 이해하듯.

힘들 때 보리수나무를 찾았던 시인 '뮐러'와 '슈베르트'처럼 그들은 마주한다.

동백꽃이 안식을 찾은 곳이 눈 쌓인 동백 가지 위라면, 흰 눈의 생명이 짧은 것에 한탄한다.

2021. 1.

시츄와

까망이

나이가 들고 보니

주변에 살아 움직이는

작고 연약한 뭇 생명들이 눈에 들어와 가슴에 박힌다.

살아있으면 꼭 만난다는 이야기는

까망이와 나에게도 통하는 걸까?

꽃 피는 봄을 기다려본다.

- 본문 중에서

이름이 없는 우리 강아지

우리 집 강아지 이름은 '시츄'다. 동물병원에서 이름을 물으면 잠시 머뭇거리다 "그냥 시츄라고 해요" 한다. 그러면 약간 의아해하면서 "이름이 없어요?"라고 다시 묻는다.

약국에 가끔 들르는 길 건너 동물병원 원장이 어느 날 한 뼘 남짓한 시츄를 안고 와 혈통 좋고 똘똘한 녀석인데 예쁘게 키워보라고 선물로 주셨다. 시간적으로 여유가 없는 내가 끝까지 책임지고 잘 키울 수 있을까 망설여지기도 했지만, 우리 가족 모두가 사랑으로 키워보기로 했다.

집에 데리고 와, 바쁘다는 핑계로 이름 짓는 것도 미룬 채 그냥 '시츄'라 부르기 시작했다. 두어 달이 지나서야 가족들의 의견을 모아 '해피'로 이름을 정했다. 그러나 처음 두 달간 불러준

'시츄'라는 이름이 머리에 깊숙이 입력이 되었는지 '해피'라는 이름에는 고개 한 번 돌리지 않고 멍하게 쳐다만 보았다. 아쉬움이 남아 기다려봤으나 허사였다. 우리는 새 이름을 포기한 채 그냥 '시츄'라 부르기로 했다. 견주의 무지함으로 예쁜 이름이 없는 강아지에게 항상 미안한 마음이 들었다. 반려견에 대한 아무런 지식도 없이 처음 한 달간은 식사 때 식탁에 앉혀놓고 반상도 겸하였다. 그런 것이 사랑이라 착각하였다. 그러나 반려견에 대한 진정한 사랑은 견주의 지식이란 걸 곧 터득하게 되었다. 인터넷을 검색하여 많은 것을 배우고 지식을 쌓은 지금은 아파서 병원 찾는 일은 거의 없다.

아파트 뒷길을 따라 분당 탄천에 이르면 녀석은 행복하다는 듯 코를 벌름거리며 갑자기 탐지견이 되어 풀섶 여기저기에 코를 들이댄다. 시원한 물소리 들으며 산책하는 데에는 별 흥미를 못 느끼는 듯, 풀섶 어디라도 냄새나는 곳만 누비고 다닌다. 산책 도중 친구를 만나도 잠깐 꼬리만 흔들 뿐 관심조차 없다. 이름 부르기가 창피해 사람이 좀 뜸한 한적한 곳에서만 목소리를 낮춰 가만히 '시츄'라 부른다. 식탐이 많아서 하루 두 끼 식사 외에 인정에 끌려 간식을 주다 보면 금방 체중이 늘어나 걷는 것도 힘들어진다.

시츄를 입양한 지 13년의 세월이 흘렀다. 일로 바빠 낮에 혼자 있는 시간이 길어지면서 걱정도 많았다. 아무도 없는 집에 혼자 우두커니 앉아 주인이 올 때까지 문만 바라보고 있을 녀석을 생각하면 일하다가도 마음이 무거워진다. 강아지의 하루는 사람의 일주일이라는데 내가 너무 이기적인 선택을 하지 않았나 고민하기도 했었다. 새끼를 낳아 같이 지내면 심심하지 않아 좋을 것 같았지만 임신과 출산의 고통을 주고 싶지 않아 생각을 접었다.

지금은 노령견이라 시력과, 특히 청력이 많이 떨어져 잠깐이라도 사람이 옆에 없으면 불안해한다. 전에는 외출에서 돌아와 현관문 버튼 누르는 소리에도 바로 뛰쳐나와 반겨주던 녀석이 이제는 집안에 들어와 큰 소리로 불러야 겨우 알아듣고 방에서 나온다. 움직이는 시간보다 눕거나 잠자는 시간이 많아지고 눈에서 눈물도 많이 난다. 관절도 많이 약해져 이젠 가까운 거리만을 산책시킨다.

이런 녀석을 두고 우리는 재작년 가족 여행으로 호텔링을 해야 했다. 그전에 가끔 2~3일 정도의 호텔링은 했었지만 열흘 이상 오래 떨어지긴 처음이다. 단골로 다니는 동물병원은 낯설어하지 않아서 좋을 것 같았으나 장소가 비좁아 포기하고 집에서 조금 떨어졌지만 쾌적하고 넓은 공간에 원장이 24시간 상주하고 있는 병원을 택했다. 사회성이 부족해 친구들과 잘 어울릴 수 있을까 하는 걱정도 많았다. 떠나기 전날 사료에 소고기, 야채, 연어, 닭가슴살 등을 섞어 하루 두 번씩 15일간 먹을 수 있게 30포를 만들어 비닐 백에 담아 냉장 보관했다. 갈아입힐 옷, 그리고 엄마 냄새나는 옷 두 벌과 담요를 챙겼다. 시츄는 엄마와 떨어질 거라는 예감이라도 한 듯 가방을 챙기는 내 옆에 앉아 슬픈 눈으로 나를 쳐다봤다. 두고 떠나야 하는 안타까운 마음에 여행에 대한 설렘은 저만치 물러나고 마음은 한없이 우울했다.

다음 날 아침 일찍 병원에 들러 맡기는데 안 떨어지려고 발버둥 치는 시츄를 원장이 우리와 눈이 마주치지 않게 반대 방향으로 안고 얼른 안으로 들어갔다. 공항으로 가는 차 안에서 나는 계속 울먹였다. 옆에서 지켜보던 남편이 "처음 엄마와 떨어질 때는 힘들지만 하루 이틀 지나 적응이 되면 오히려 해방감에 조금은 좋아질지도 모른다."라고 위로했다. 여행 중 병원에서 보내주는 카톡을 받아보며 차츰 마음이 안정되었다. 사진 속의 녀석은 꼬리가 축 늘어진 채 조금 말라보이고 우울해 보였다. 여행이 끝나고 강아지는 자궁 축농증으로 큰 수술을 받게 되었다. 극도의 불안과 스트레스가 원인이라고 했다. 큰 죄책감으로 마음이 아팠으나 다행히 잘 회복되어 예전의 건강을 되찾게 되었다.

그러다 일 년 후 또 한 번 여행을 가게 되었는데 취소할까도 생각해봤지만, 우리도 나이나 건강상의 염려로 이번이 장거리 여행으로는 마지막 기회일 것 같은 생각에, 가는 쪽으로 의견을 모았다. 걱정하는 나에게, 작년에 맡겼던 동물병원 원장은 시츄가 한번 경험을 하면서 엄마가 반드시 데리러 온다는 확신을 가지게 되어 오히려 두 번째는 잘 버틸 거라고 위로해 주었다.

　여행에서 돌아와 보니 정말 체중만 조금 줄었을 뿐 건강에는 아무 이상이 없었다. 집에 와서도 바로 적응하며 예전의 컨디션을 회복하였다. 모든 것이 감사했다.

　시츄와 함께 늙어가면서 아프지 말고 건강하게 살기를 소망한다.

2018. 11.

나이 든 반려견을 돌보며

코로나19로 일상 속 사소한 변화가 눈에 띈다. 밖으로의 외출이 제한되고 비대면 소비생활이 확대되며 택배를 통해 필요한 생필품을 받게 된다. 배달 물품을 받을 때도 벨만 누르고 문 앞에 두고 가기를 원하게 되었다. 갑자기 늘어난 택배 주문으로 우리 집 강아지에게도 많은 스트레스를 몰고 왔다. 택배 기사가 현관에 도착해 벨을 누르고 쏜살같이 가 버리면 문을 열고 물건을 집 안으로 가지고 와 상자를 뜯는 동안, 옆에서 느껴지는 부담스러운 시선, 계속 냄새를 맡으며 혹시 내가 먹을 간식거리일까? 아니면 내 장난감? 여러 가지 추리를 하는 모양이다. 상자를 다 풀고 난 후 결국 내 것은 아무것도 없다는 것을 확인한 강아지의 시선이 안쓰럽다.

간혹 도시가스 검침원이나 집안 소독, 정수기 방문원이 집에 들어오면 외부 침입자로 생각하고 사력을 다해 짖는다. 방문자들도 처음엔 겁을 내다가 시츄임을 확인하고는 시츄도 저렇게 크게 짖을 줄 안다며 피식 웃는다. 방문객이 나가고 나면 억울하다는 듯 온 집안을 돌아다니며 냄새를 맡으며 구석구석 훑고 다닌다. 식사 시간에는 더욱 부담스럽다. 코로나19로 삼시 세 끼를 집에서만 해결하다 보니 유난히 먹성이 좋은 우리 강아지는 금방 간식을 챙겨 먹고도 주인이 식탁에 앉아 먹을 때면 주인과 음식을 번갈아 보며 한입만 달라고 한없이 쳐다본다. 곤욕스러운 순간이지만 냉정하게 거절한다.

15살 노령견이다 보니 일 년 전 동물병원에서 우심방 비대 증상이 확인되면서 전문약을 처방받았는데 처방전만 가지고 와약 복용을 일단 미루기로 했다. 호흡도 일정하고 아직 크게 나타나는 증상이 없고 밥도 잘 먹고 산책할 때도 아무런 문제가 없었다. 상황을 지켜보기로 마음먹고. 조금만, 조금만 하다가 일 년이란 시간이 흘렀다. 심장병 진단을 받은 뒤 예방 접종과, 미용으로 병원을 방문할 때마다 의사는 강아지가 참을성이 많아 증상이 서서히 진행되어 힘들어도 참고 있다면서 약을 안 먹이고 있는 보호자님의 생각을 이해할 수 없다고 했다. 남편은 동물을 사람의 잣대로 판단해서는 안 된다며 화를 냈다.

올해 봄, 산책을 시키며 탄천변의 눈부신 봄 풍광에 취해 한없이 걷다가 강아지가 조금 무리를 했는지 갑자기 호흡수가 빨라지며 더 걷지를 못하는 응급상황이 왔다. 강아지를 안고 병원으로 달려가 응급 처치를 받았다. 검사를 마친 의사는 심장병이 서서히 진행되면서 폐수종까지 와서 심각한 단계라고 했다. 치료를 마치고 팔다리가 축 늘어진 채 눈 뜨기도 힘들어하는 강아지를 안으며 그동안 많이 힘들었을 것이라는 의사 말에 가슴이 아팠다. 이제는 처방약에 실데나필(일명 비아그라)과 가벼운 이뇨제를 섞어 먹이면서 약 처방을 바꿀 수도 있다고 했다.

이뇨제라는 말에 가슴이 철렁했다. 의사는 보호자님이 왜 그렇게 약을 싫어하는지 이유를 물었다. 침묵이 이어졌다. 남편은 호미로 막을 걸 가래로 막았다면서 어이없어했다.

심장약을 받아 와 약을 먹이는데 처음에는 반항하듯 고개를 돌려버려 힘들었지만 시간이 지나면서 이젠 체념한 듯 입을 잘 벌려 받아넘긴다. 약 먹일 때마다 드는 죄책감으로 가슴 아프지만, 그래도 다행인 것은 아픈 강아지를 보살펴 줄 수 있는 넉넉한 시간적 여유가 주어짐에 감사할 따름이다. 옆에서 지켜본 남편은 우리 강아지가 노년 복은 있다며 넌지시 웃는다. 약의 큰 부작용은 없어, 잘 적응하면서 가벼운 산책도 하고 있다.

똘망똘망한 눈으로 주인을 한없이 쳐다볼 때는 너무 귀여워

엔도르핀이 팍팍 솟지만, 사랑에는 길고 긴 책임이 따른다는 것, 사람보다 빨리 늙어가면서 큰 병을 안고 살아가는 생명체를 책임지는 무거운 사명감이 따른다. 단순한 호기심으로 강아지를 입양해서는 안 될 이유다.

2020.

우리 강아지가 무지개다리를 건넜다

　우리 집 강아지가 무지개다리를 건넌 지 5개월이 되어간다. 유골함과 유품을 버리지 못한 채 움켜쥐고 있는 나에게 친구들은 "그만 보내줘야지."라고 하지만 아직 자신이 없다. 반려견에 대한 아무런 지식도 없던 나에게, 이 작고 여린 생명이 찾아와 16년을 함께 하며 행복하고 풍성한 삶을 선물했다.

　강아지는 주인을 닮는다고 했던가. 사진만 찍으려면 고개를 휙 돌려버리는 모습이나 "귤" 하면 전력 질주해 달려오던 모습, 시집간 딸이 오랜만에 와도 "응 왔냐" 좋아도 표현 못 하는 것까지, 영락없는 우리 식구였다. 행복한 이야기가 없는 요즘 세상, 많은 이야기를 남겨 주고 떠난 우리 강아지.

　유난히도 산책을 좋아하던 녀석. 길섶이며 온갖 지저분한 것에까지 고개를 쑤셔 박고 침 범벅에, 코를 벌름거리는 모습이 가관이다. 강아지를 리드하며 고상하게 걷는 견주들을 보면서 "이놈아… 우리도 저렇게 좀 걸어보자." 하고 잡아 끌어보지만, 이리저리 끌려다니느라 정신이 없다. 강아지 산책을 시키면서 매일 걷게 되니 나의 건강에도 큰 도움을 주었다.

강아지도 세월 따라 늙어가는 법, 시력, 청력이 떨어지고 관절도 약해져 걷는 것도 힘들어했다. 15살이 되면서 심장병 진단을 받았다. 모든 게 나의 잘못인 것 같아 마음 아팠지만, 정기검진과 투약을 하면서 일 년 정도 잘 버티어 주더니 올봄에 갑자기 폐수종이 오면서 병세가 악화됐다. 의사 선생님은 심장병 중에서도 우심 비대가 제일 예후가 안 좋으니 마음의 준비를 하라고 했다. 산소 넥카라를 쓰고 거친 숨을 내쉬며 초점 없는 눈으로 창문 밖을 바라보고 있는 강아지 모습을 볼 때면, 내가 더 이상 해 줄 게 없다는 비통함에 가슴이 미어졌다. 응급실을 오가며 한 달을 힘겹게 버티던 강아지는 마지막 숨이 끊어지려는 순간, 있는 힘을 다해 식구 모두와 눈을 맞추고 그렇게 우리 곁을 떠났다.

감지 못한 강아지 눈을 어루만지며, "씨쭈야 우리 강아지, 다시는 아프지 말고 먹고 싶은 것 실컷 먹고 신나게 뛰어놀고 있다가 엄마랑 꼭 다시 만나. 엄마한테 와줘서 고맙다 사랑해." 숨은 멋졌지만, 몸속을 빠져나간 우리 강아지 영혼이 무지개다리를 건너는 길이 조금이라도 더 평화롭길 기도하면서.

강아지에게 보호자는 세상의 전부다. 밥을 주지 않으면 굶어야 하고 산책을 시켜 주지 않으면 바깥바람도 느낄 수 없다. 유기될 때조차 자신이 잘못해 보호자를 놓쳤다는 생각에 그 자리를 떠나지 못한다. 자신의 마음을 건네주는 순간, 영원히 주인만을 사랑하기로 마음먹는다. 변덕스러운 인간에게서 결코 얻지 못하는 사랑과 위안을 준다. 동물이 우리를 가장 인간답게 만든다는 말이 가슴으로 느껴질 때가, 반려동물이 떠날 때가 아닌가 싶다. 내가 가진 줄도 몰랐던 가슴 깊숙이 숨겨져 있던 순수한 감정을 이끌어낸다. 너무 예뻐, 많이도 찍어놓은 사진들. 늘 강아지만 보였는데 오늘은 옆에 함께 찍힌 식구들이 눈에 들어온다. 하나같이 행복한 표정으로 활짝 웃고 있는 모습에 내가 이렇게 웃음이 많았나 하는 놀라움과 함께, 아이가 나를 지켜주고 있었구나 싶어 코끝이 찡했다.

나의 기억 속에서 서서히 잊혀져가는 소중한 시간들. 나의 삶에 기꺼이 찾아와 준, 이 작고 여린 동반자를 위해, 나에게 행복하고 풍성한 삶을 만들어줘서 고마운 만큼, 무지개다리를 건너간 그곳에선 외롭지 않기를.

2021. 8.

까망이와 첫 만남

아파트 뒷길은 탄천으로 이어진, 아주 운치 있는 산책로이다. 길 양옆으로 단풍나무 벚나무 떡갈나무 느티나무가 늘어서 있어 사계절의 멋진 풍광을 온몸으로 느낀다. 산책로 주변에는 길냥이 일곱 마리가 주민들의 보살핌으로 건강하게 하루하루를 살아간다. 지나다니는 모든 사람이 길냥이를 혐오하지 않고 다들 사랑의 눈길을 보내고 있다. 참 다행이다.

아파트와 제일 가까운 산책로에는 엄마와 새끼고양이 두 마리가 살고 있는데 매일 챙겨주는 아줌마가 있어 나는 산책하면서 눈인사만 주고받는다. 모르는 사람이 주는 음식은 절대 먹지 않는 지혜롭고 도도한 녀석들이다.

어느 날 저녁 강아지와 산책을 하는데 주위를 배회하는 낯선 길냥이가 눈에 띄었다. 처음 이곳에 오게 되었는지 극도의 경계심에 몸을 움츠리고 허기진 모습이 너무 애처로워 보였다. 몸은 새까맣고 두 눈은 샛노란 게 눈에 쏙 들어왔다. 산책을 하다 말고 근처 가게에 들러 닭가슴살 캔을 사서 나뭇잎 위에 올려주었더니 순식간에 다 먹었다. 한 번에 너무 많은 양을 먹은 것 같아 걱정되었는데, 잠깐 한눈판 사이에 어디론가 사라져버렸다.

늦가을에 만난 길냥이와의 인연은 이렇게 시작되었다. 나는 이름을 까망이로 부르기로 했다. 신기하게도 내가 산책 나오는 시간에 맞춰서 나무 사이에 웅크리고 숨어있다가 가까이 가서 '야옹~' 하고 부르면 바로 뛰쳐나와 반갑다고 내 발등에 얼굴을 비비곤 한다. 식성은 좋아 주는 음식을 하나도 남기지 않고 다 먹는다. 마트에 가서 고양이 건사료와 연어 참치 닭고기 캔을 사 왔다.

며칠 지나 까망이를 자세히 관찰했더니 구내염이 진행된 것 같았다. 침을 조금 흘리고 먹는 속도가 느려지며 힘들어하는 것 같았다. 마음이 짠했다. 길고양이 특성상 구내염과 장염은 항상 동반된 질병인 것 같다. 집에 있는 항생제 중 제일 순하고 내성이 약한 아목시실린 500mg 한 캡슐을 3등분하여 3포를 만들어 한 포를 닭가슴살 캔에 꿀과 섞어 주었지만, 쓴맛을 알아채고는 휙 고개를 돌린다. 그러나 곧 체념한 듯 천천히 밥그릇을 다 비웠다. 까망이의 인내심이 대견스러워 한참을 쓰다듬어 주었다. 녀석도 내 맘을 알았다는 듯 발등을 비비며 드러누워 감사의 '퍼포먼스'를 펼쳐 주었다. 하루에 한 번씩 일주일간 투여했는데 상당한 차도를 보인 것 같았다. 침 흘림도 없고 먹는 속도도 빨라졌다. 잘 협조해준 녀석이 고마웠다. 구내염 예방 차원에서 습식보다는 건식사료가 더 좋을 것 같았다.

저녁 시간이 되면 부엌 창을 통해 까망이가 나타났는지를 확인할 수 있다. 이렇게 창문을 통해 녀석을 볼 수 있다는 것도 큰 행운이 아닐까?

저녁 식사로 분주한데 녀석이 눈에 띄었다. 배가 고픈지 다른 때보다 일찍 자리를 잡고 앉아 있었다. 날씨가 쌀랑해지면서 냉장고에 보관한 캔 사료는 차가울 것 같아 막 삶은 따뜻한 북어포와 닭가슴살을 그릇에 담아 달려 나갔다. 하나도 안 남기고 국물까지 다 먹었다. 보는 내내 내 배가 부른 것 같았다.

간혹 외출하고 돌아와 밥 먹이는 시간이 늦어질 때도 있다. 부랴부랴 음식을 들고 나가면 반갑다고 뛰쳐나온다. 늦은 시간까지 기다려준 녀석을 보며 마음이 서러웠다. 때맞춰 나와 예쁘다고 쓰다듬어 주고 배부르게 해주는 사람이 있다는 걸 알아서인지 경계심도 줄고 많이 똘똘해졌다. 밥만 먹고 훌쩍 사라지는 녀석이 애처로워 예쁜 집을 하나 마련해 주고 싶어 이웃에 사는 길냥이 돌보는 아줌마에게 물었더니 새로운 집이 생기면 영역 다툼의 표적이 되어 쫓겨난다고 했다. 집안에 푹신한 담요와 핫 팩을 넣어 주려던 나의 계획은 어긋나고 말았다.

이렇게 까망이와의 만남은 한 달 동안 이어졌다. 그러던 어느 날 녀석이 갑자기 사라졌다. 며칠을 밥시간에 맞춰 기다렸으나 오지 않았다. 혹시 사나운 길냥이들 눈을 피해 밤늦은 시간에 나타날까 싶어, 건사료를 밥 먹던 자리에 놔두었지만 사료는 그 대로 있고 낮에 까치와 참새가 쪼아 먹고 있었다. 눈에서 멀어 지면 마음도 멀어진다는데, 아니었다. 저녁 밥시간이 되면 노심 초사 창문만 바라보았다. 산책길에 동네 캣맘 아주머니에게 수 소문 해 봤더니 조금 멀리 이동한 것 같다고. 영역 다툼으로 녀 석을 괴롭히는 왕초 고양이가 있는데 쫓김을 당해 이쪽으로 올 수가 없는 것 같다고 했다. 같이 으르렁대며 싸우기도 하고 자 리다툼도 하며 사는 것이 길냥이일 텐데 이렇게 순하고 착하기 만 한 놈이 어떻게 야생에서 살아갈 수 있을까 싶어 가슴이 아 팠다.

기온이 내려가 날씨가 추워지면 까망이 생각에 마음이 아프 다가도 봄처럼 포근한 날이 며칠 계속되면 나를 찾아올 것 같아 자꾸만 부엌 창문으로 눈이 갔다. 옆에서 지켜보던 남편이 까망 이가 옮겨 간 장소에서도 주민들 보살핌으로 잘 지내고 있을 거라고 위로해 주었다.

　지금은 내 주변에 살아 움직이는 작고 연약한 뭇 생명들이 눈에 들어와 가슴에 박힌다. 살아있으면 꼭 만난다는 이야기는 까망이와 나에게도 통하는 걸까?

　꽃 피는 봄을 기다려본다.

2018. 11.

재회

추운 겨울이 지나고 봄의 문턱에 들어서자 남편과 나는 그동안 중단했던 걷기 운동을 시작했다. 아직도 쌀쌀한 날씨라 따뜻하게 챙겨 입고 산책로를 따라 탄천 변을 걸었다. 겨울 동안 운동을 안 한 탓인지 숨도 차고 걷기도 힘들었다. 봄부터 가을까지 늘 걸었던 가벼운 워킹코스였는데, 몸이 먼저 알아차리고 적신호를 보내고 있다.

쌀쌀한 강바람이 불던 날, 산책을 끝내고 집 앞 가까이 왔을 때, 나무 사이로 몸을 숨긴 채 앉아 있는 시커먼 물체를 보았다. 가까이 다가가 보니 분명 작년 겨울에 사라진 길고양이 까망이였다. 항상 밥 먹던 그 자리에 몸을 웅크리고 있었다.

"정말 까망이 맞아?"

나는 몇 번이고 소리쳤다. 남편도 옆에서 확인하더니 녀석이 맞다고 했다. 저녁 시간이라 가로등 불빛에 비춰진 까망이는 몇 달 전에 내가 만났던 모습이 아니었다. 새까만 털은 다 빠지고 온몸은 흙과 먼지로 뒤덮인 채 샛노란 눈만 휑하니 남아 있었다. 오늘 처음 나온 게 아니고 며칠 전부터 나를 기다리고 있었구나 생각하니 눈물이 하염없이 나왔다. 손에 낀 장갑을 벗어 흙과 먼지를 닦아냈다. 지켜보던 남편이 우선 먹여야 한다며 가게에 가서 통조림 캔을 사 왔다.

허겁지겁 순식간에 하나도 안 남기고 다 먹었다. 조금 기운을 차린 듯 까망이는 한참 동안 나를 쳐다보았다. 그 의미는 무엇일까? 다시 만났다는 반가움? 잊지 않고 기다려 준 고마움? 그러나 재회의 기쁨도 잠깐, 내가 이 자리를 뜨면 지친 몸으로 다른 길고양이들의 눈을 피해 또 어디론가 사라질 텐데… 병들어 힘들고 지친 녀석을 그대로 두고 죄인된 심정으로 울먹이며 천천히 발길을 돌렸다. 깜깜한 풀 속에 까망이는 미동도 하지 않고 나를 보고 있었다.

다음 날 아침 마트에 가 닭가슴살. 북어포, 캔 종류 그리고 일회용 스틱 영양제를 듬뿍 사 왔다. 닭가슴살과 북어포를 삶아 두 가지를 섞고 통조림 캔과 스틱 영양제를 혼합하여 맛있는 밥을 만들었다. 밥을 보니 꼭 만나게 될 거라는 확신이 생겼다.

밥시간보다 이른 5시쯤 까망이를 찾았다. 나지막한 목소리로 '까망아, 까망아' 하고 불렀다. 숨어있던 녀석이 풀숲을 헤치고 나와, 내 앞에 앉았다.

"이제 내가 살려낼 거야, 고마워, 다시 찾아와서."

나는 눈물을 훔치고 가져온 따뜻한 밥을 새로 마련한 예쁜 그릇에 담아냈다. 예전에 먹었던 익숙한 밥 냄새를 알아차리고 하나도 남기지 않고 국물까지 다 먹었다. 밥을 다 먹은 후 녀석은 운동기구 있는 곳까지 내려와 잠깐 앉아 있더니 내가 가는 것을 확인한 후 금방 사라져버렸다.

만남이 지속적으로 이어지면서 자신감을 얻은 녀석은 따듯한 봄이 되니 더 이상 불안해하거나 초조한 기색은 보이지 않고 나와 만나는 장소에서 오래 머물며 쫓기거나 피해 다니지도 않았다. 주위 고양이들과의 영역 다툼에서도 조금은 벗어난 것 같았다. 너무 오랫동안 방치됐던 녀석의 건강이 염려되어 인터넷을 검색하여 자양강장제인 타우린과 바이러스 감염예방에 좋은 천연 항생제 락토페린을 구입하여 두 가지 성분에 꿀을 섞어 소량을 일주일에 두세 번 복용시켰다. 여름 지나고 가을쯤 동물병원에 가서 기초적인 검사를 해볼 생각인데 병원까지 이동하는 게 큰 문제이다 보니 실행에 옮겨질지는 의문이다.

따뜻한 오후, 강아지 산책을 시키는데 나무 풀숲에서 녀석이 뛰어나왔다. 아직 밥시간이 아닌데 이상했는지 계속 따라왔다. 강아지는 놀라서 내 쪽으로 몸을 피했다. 일찍부터 나와서 기다려 준 녀석이 대견스러워 특식을 준비해 저녁을 먹였다.

산책로 주변에서 유일하게 검정색에 노란 눈을 가진 녀석은 사람들의 시선을 끌었다. 지나가는 사람들이 예쁘다고 셔터를 눌러대며 가지고 온 간식을 주면 맛있게 받아먹었다. 너무 많이 먹고 탈이 나지는 않을까 걱정도 되었다. 바로 옆에 있는 길고양이 두 마리가 녀석이 밥 먹는 모습에, 부러운 듯 가까이 다가와 친근감을 나타내며 바라보고 있다. 이제는 제법 터줏대감이 되어가고 있다는 안도감에 마음이 울컥했다. 소중하고 평화로운 일상이다.

젊어서는 주택가 인근이나 음식점 주변 그리고 아파트 산책로에서 흔하게 볼 수 있는 길고양이들에게 눈길 한 번 주지 않았다. 그러나 지금은 주변에 소소한 것, 가까이 있는 모든 생명체가 눈에 들어온다.

지금 길고양이 한 마리가 내 삶의 일부가 되어버렸다.

2019. 3.

이별

푸름이 싱그러운 봄날이 가고 본격적인 여름철로 접어들었
다. 창밖으로 들리는 매미 울음소리가 우렁차다. 예전에는 시끄
럽다고 창문을 닫아버렸지만, 지금은 귀 기울여 듣는다. 힘겨운
과정을 거쳐 세상 밖으로 나온 매미는 땅속에서 보낸 긴 시간에
비해 땅 위에서 삶은 고작 한 달도 안 된다고 한다. 우렁차게
울리는 매미 소리는 가을이면 사라질 것을 아는, 그래서 삶을
더 살고 싶다는 절규의 소리가 아닐까.

여름이 시작되면서 까망이와의 만남이 순조롭지 않았다. 비
오는 날이 잦아지면서 비를 피해 어디론가 숨어버리고 밥시간
에도 나타나지 않았다. 가랑비가 내리던 어느 오후, 부엌 창문
을 통해 비를 맞고 있는 까망이를 보았다.

나는 녀석이 금방 사라질까 봐 밥과 수건을 챙겨 달려 나갔다. 며칠 굶은 모습이 역력했다. 온몸이 비에 젖어 웅크리며 밥을 먹고 있는 모습에 마음이 서러웠다. 그릇을 다 비운 까망이는 한참 동안 나를 쳐다보았다. 휑해진 눈으로 고맙다는 인사를 하고 있는 녀석의 마음을 안 나는 가져온 수건으로 흠뻑 젖은 까만 털을 조심스럽게 닦아 주었다. 새털같이 가벼워진 까망이를 꼭 안았다.

앞으로 무더운 여름 한 철을 잘 버텨 낼 수 있을까 걱정도 되었다. 모기와 온갖 해충들이 들끓는 뜨거운 풀숲에서 그래도 살아야 한다며 힘겹게 밥을 먹고 있다. 입맛도 떨어졌는지 자꾸 냄새를 맡아보며 음식의 절반을 남겼다. 더위와 싸우며 하루하루를 힘겹게 버텨내고 있었다.

아침저녁 선선한 바람이 불면서 가을이 왔다. 예쁜 집을 만들어, 겨울이면 사라지는 녀석을 붙잡아야만 했다. 길고양이를 돌보는 이웃집 아줌마에게 부탁해 길고양이 보호센터에서 무료 제공하는 겨울용 고양이집을 선물 받아 밥 먹는 옆자리에 놓아 주었다. 푹신한 담요와 핫팩을 넣어 주고 집 옆으로 우산도 하나 꽂아두었다. 그러나 녀석은 절대 집 안으로 들어가지 않고 밥만 먹고는 곧 사라져버렸다. 집으로 들어가면 누군가에게 잡히고 만다는 생각을 하는지, 집에 대한 큰 트라우마가 있는 듯 느껴졌다.

올해도 겨울이 오면 자취도 없이 사라질 녀석을 생각하니 가슴이 아팠다. 어느 날 밥시간에 맞춰 나온 녀석이 침을 질질 흘리며 밥을 잘 삼키질 못했다. 털도 많이 빠지고 윤기도 없었다. 처음 만났을 때 효과를 본 항생제를 투약했는데 차도가 없었다. 병이 생긴 게 분명한데 무슨 병인지, 얼마나 진행되었는지 알 수가 없으니 답답하기만 했다.

옆 동네에 사는 길고양이 아줌마에게 병원 이송을 의논하였더니 케이지와 도와줄 아저씨를 알아봐서 연락주겠다고 했다. 까망이가 혹시 치료 시기를 놓치지 않았나 하는 생각에 잠을 이룰 수 없었다.

고양이를 돌봐 주는 아줌마, 아저씨가 까망이 밥시간에 맞춰 오겠다는 연락이 왔다. 먼저 와 기다리고 있는 녀석을 보니 가슴이 울컥했다. 침을 너무 많이 흘린 녀석에게 밥을 먹일 수 없어, 흐르는 침을 닦아주며 팔을 벌렸더니 까망이가 내 품에 안겼다. 생각지도 못한 일이다! 추운 겨울도 올 텐데 어떻게 좀 해달라는 의미가 아닐까? 눈물로 뒤범벅이 된 채 품에 안긴 까망이를 케이지에 옮겨 길고양이를 실비로 치료해 준다는 동네 근처 동물병원으로 갔다.

의사선생님은 입 안을 보시더니 구내염이 너무 심해서 모든 이빨을 발치해야 한다고 하셨다. 채혈 검사 결과로 봐서는 빈혈이 심각하고 염증 수치도 너무 높아 패혈증으로 사망할 수도 있다고 했다. 의사는 이런 컨디션으로 더운 여름을 보낸 것 자체가 기적이고 밥을 삼킬 수 있다는 것도 기적이라고 했다. 입안은 물론이고 기관지까지 균이 퍼져 심각한 상태라고 했다. 최선을 다해 보겠지만 잘 못 될 수도 있다고 했다. 무더위로 힘들고 지쳐있는 까망이를 조금 일찍 병원으로 데리고 왔어야 했는데, 치료 시기를 놓쳐버린 것이 모두 내 탓이라고 생각하니 설움이 복받쳐 올랐다. 몸은 병들어 병마와 싸우고 있지만 춥지 않고 안락한 공간에서 선생님의 극진한 간호를 받고 있는 녀석을 보면서 더욱 마음이 서러웠다.

하루하루 힘들게 버티며 의식이 없는 중에도 가까이 다가가 "까망아" 하고 부르면 안간힘을 써 앞발을 내 손 위에 올려놓았다. 많은 검사와 치료로 힘들고 지친 까망이는 3일을 버티다 패혈증으로 인한 심한 구토와 황달로 일요일 새벽, 하늘나라 별이 되었다.

의사 선생님이 깨끗하게 목욕시켜 눈을 감겨주었다. 까망이가 이렇게 깨끗하고 예쁜 줄 처음 알았다. 함께 동행해 준 이웃집 캣맘 두 분과 경기도 광주에 있는 반려동물 장례업체에 도착했다. 검은색 정장 차림을 한 직원이 정중히 맞아주었고 식장에

흐르는 조용한 음악과 엄숙한 분위기 속에 조금은 위로가 되었다. 집에 돌아와, 병은 들었지만 주인의 극진한 보살핌을 받고 있는 우리 강아지를 보며 제대로 된 치료 한 번 받지 못하고 떠난 까망이를 생각하니 가슴이 내려앉는다. 그 정도면 최선을 다했다는 식구들의 말이 전혀 위로되지 않았다.

비 오는 날이나 추운 겨울날, 밥만 주고 돌아서는 나를 어둠 속에서 한참 동안 보고 있던 녀석을 잊을 수가 없다. 우리 까망이에게 따뜻한 봄날은 있었을까? 언제쯤이었을까?

까망이와 이별한 지 두 달이 지났다. 나에게 한 마리 길고양이는 어떤 의미였을까? 작고 여린 생명체에 대한 측은함, 안쓰러움, 그리고 끝까지 지켜주지 못한 죄스러움? 생각하면 내가 까망이를 보살펴 준 것이 아니라, 삶에 찌들어 힘겨운 나를 까망이가 보듬고 어루만져 주고 있었다.

2019. 12.

관계와 배려

버림받은 한 마리 고양이 때문에 문을 열게 된 음식점, 그곳에서 벌어진 5년 동안의 울고 웃었던 장사 기록이 담겨있는 양귀자 소설 '부엌 신'을 읽었다.

작품 활동이 뜸할 때, 오랜만에 출간한 책으로 5년 동안 홍대쪽에서 '어머니가 차려 준 식탁'이란 상호의 음식점을 하던 작가 본인의 이야기이다. 작가가 임대해준 한정식집이 망하면서 먼지만 쌓인 허름한 가게를 주인이 버리고 간 줄무늬 고양이 한마리가 지키고 있었다. 불빛 한 점 없이 어둡고 적막한 이곳에서 주인 오기만을 기다리고 있는 고양이를 굶길 수 없어 작가는 날마다 우유, 반찬과 밥을 가져다주었다. "고양이는 어둠 속에서 미동도 하지 않고 우리를 쳐다봤다. 고양이는 하루 내내 오직 기다리는 일만 하고 있었다. 고양이한테는 그 일이 가장 중요한 것임을 나는 알았다. 돌아보는 고양이, 옆 눈으로 우리의 기척을 살피는 고양이, 나는 다른 것을 계획하고 있었는데, 몇 개의 우연이 순서대로 나타나 애초의 뜻과는 전혀 상관이 없는 쪽으로 현실을 만들어 가는 것, 바로 그런 것, 고양이 한 마리가 내 삶 속에 끼어들었고 그 고양이가 내가 가보지 못한 인생의 또 다른 길 하나를 암시했다.”고 썼다.

버려진 고양이 때문에 시작하게 된 식당, 그러나 정작 그녀는 매일 북적거리는 손님들 틈에 끼어 녀석의 이름 한 번 불러주지 못하고 바쁜 하루하루를 보낸다. 사람들이 많아진다는 것은 영원한 이별의 징후라는 것을 고양이는 경험으로 알고 있었으니까. 작가는 어느 날 사라져 버린 고양이를 그리워하면서, 날마다 정해진 시간에 찾아와 다른 어떤 것에도 마음을 빼앗기지 않고 오직 자기에게만 관심을 가지던 그때의 주인을 더 그리워했을지도 모른다고 했다. 작가의 애틋한 마음이 그대로 느껴져 한없이 눈물이 나왔다.

작년 가을에 돌봐 주던 길고양이 ‘까망이’를 떠나보낸 지 6개월이 지났다. 눈에서 멀어지면 마음도 멀어진다고 했던가? 지금은 까망이 밥 주던 장소에 발걸음을 멈추지 않고 스치듯 지나간다.

밥만 먹고 내일을 기약하지도 못한 채 사라져 버린 고양이. 외출해서 밥시간을 놓쳐 만나지 못해 미안해하며 눈물 흘리던 일, 비 오는 날이면 비 맞으며 기다리는 까망이. 항상 어디에 숨어 지내다 흙먼지 뒤집어쓴 채 나타난 녀석을 그래서 나는 더욱 잊을 수 없다.

태어나면서부터 숨어 지내야 하는 길고양이의 삶, 태어나고 죽고 떠나고 돌아오는 것을 반복하는 삶, 혹독한 환경 속에서 먹고 살아가는데 모든 본능을 쏟으며 짧은 생을 산다. 쓰레기통을 뒤집는 모습으로 눈살을 찌푸리게 하고 어디선가 툭 튀어나오거나 지나가는 골목을 막아서며 사람을 놀라게 하는 고양이는 때로는 도시민들의 천덕꾸러기이자 애잔한 마음을 건드리는 존재가 되어 사람들과 함께 살아가고 있다.

겨울이 지나고 따뜻한 봄이 왔다. 이 계절의 변화를 누구보다 길고양이들은 간절히 기다렸을 것이다. 산책로에서 만난 몇 마리 길고양이들은 숫자의 변화 없이 각자의 영역에서 캣맘의 보살핌으로 하루하루의 삶을 영위해간다. 그래도 다행인 것은 길고양이와의 동행에 이웃들의 따뜻한 시선이 함께한다는 것이다.

터를 잡고 자연에 순응하며 각자의 영역에서 자유롭게 살아가는 길고양이. 햇볕이 따사로운 날이면 한껏 늘어지며 여유를 부릴 줄 아는 길고양이를 보며 잠시 그들도 행복한 때가 있음을 본다. 집 안에서 주인의 보살핌을 받으며 편안하게 살면 행복하고 길 위에서 살면 불행하다는 생각을 버리기로 했다. 너무 친해질 필요는 없지만, 너무 멀지는 않게, 있는 그대로 상대의 삶을 존중하며 조금씩 물들어가는 사이가 가장 바람직한 건강한 사이가 아닐까?

오늘도, 내일을 기약할 수 없는 길고양이의 삶이 길 위에 있다.

2020.

chapter
6

모두들
잘 참고 있구나

부자유 속에서 깨달음도 많았다.

바쁘게만 살던 우리 일상이,

바쁜 걸음을 잠시 멈추게 한다.

길을 오가다 보면 문 닫는 점포가 갈수록 늘어난다.

지난겨울 신장개업한 그 식당 문 앞에서

일부러 떨어져 걸어간다.

나를 손님으로 오인하는 주인의 눈길이

나를 슬프게 한다.

이 시기가 지나고 2020년 봄을 생각하면

나는 어떤 말을 하게 될까?

– 본문 중에서

봄은 왔지만

2020년 우리나라는 코로나19라는 전염병으로 국가적 재난에 처하게 되었다. 신천지라는 종교 집단에 의해 대구와 경북에 급속도로 확산하는 바이러스 질환은 수시로 발표되는 확진자 숫자와 발생 지역 증가로 모든 국민의 일상을 마비시켜 버렸다.

코로나19가 발생한 지 한 달이 지난 지금, 마스크는 누구나 갖고 싶으나 아무나 제때 원하는 만큼, 살 수 없는 제품이 됐다. 마스크 하나 사기 위해 수백 미터 줄을 서 있는. 화면에 비친 낯선 풍경이 너무나 당황스럽다. 평범한 일상이 그리움이 돼버린 지금, 마스크 안 쓴 사람을 가까이서 마주치면 공포감이 느껴진다.

확진자, 자가격리, 밀접 접촉자 등으로 나누어 확진자의 번호를 매기며, 증상의 정도에 따라 사람을 분류한다. 확진자 중 기저 질환이 있는 노령층 환자들의 사망이 매일 숫자로 기록된다. '몇 번 확진자'의 죽음 앞에서 인생의 희로애락을 겪으며 수십년 살아온 그의 인생은 흔적도 없어지고, 가족과 지인들에게 그의 마지막 순간은 어떤 의미로 기억될까? 비통하고 가슴 아프다.

고전으로 읽힌 알베르 카뮈의 '페스트'를 다시 한번 읽는다. '페스트'의 모티브가 지금 우리 현실과 비슷하다. 페스트의 창궐로 봉쇄된 도시의 실상을 생생하게 그려낸 소설로, 작가는 영웅주의를 배격하며 소시민들의 소박한 헌신이 운명에 저항하는 인간의 원동력임을 강조한다. 젊었을 때, 아무 생각 없이 읽어내려갔던 작품이었는데, 지금은 글귀 하나하나로 혼란한 마음이 조금은 정리되고 위안이 된다. 코로나19 바이러스를 막기 위해 권장되는 2주간의 '자가격리' 기간을 그냥 허비하지 말고 '멈추고 돌아보기'를 하자는 캠페인이 등장했다. 이번 기회에 자신을 돌아보며 이웃과 세계, 미래와 생명을 돌아보는 고요한 시간을 가져 보자는 의미이다.

집에서만 지내는 단조로운 일상이 계속되다 보니, 삼시 세끼 집밥 먹기가 큰 무게로 남는다. 대형마트를 안 가려고 냉동실에 숨어있는 식자재들을 계속 훑어 내고 있다. 푸성귀 몇 개 사기 위해 마스크로 무장하고 집 앞 슈퍼를 찾는다. 조금 늦은 시간에 가면 두부, 콩나물은 동이 난다. 두부, 콩나물은 주부들에겐 당장 필요가 없어도 항상 냉장고에 있어야만 안심된다.

대구, 경북 지역의 고통 받는 환자와 지역 주민들을 생각하면, 조촐한 한 끼 식사에도 감사를 느낀다. 과일을 사러 동네를 돌다 못 보던 화원이 눈에 띄었다. 문을 열고 들어가 "안개꽃 좀 주세요." 했더니 "다른 꽃은 더 안 필요하세요?" 한다. 가게 안은 썰렁했고 이제 막 개업을 시작한 젊은 사장님은 많이 지쳐 보였다.

"예쁘게 한 다발 만들어주세요."

미안한 마음에 안개꽃 조금 사려다 계획에 없던 지출을 했지만, 기분은 좋았다.

언제 겨울이 멈추었는지도 모르게 산책로 주변, 까치 움직임이 부산하고, 마른 나뭇가지에 꽃을 피우려 봄은 왔다. 벗나무의 꽃망울이 통통해져 가고 탄천변의 수양버들에 물이 오른다. 겨울에 모습을 감췄던 오리 떼들이 강 위에서 유유자적하는 평화로운 모습이다. 봄 햇살이 눈부신 탄천 늪지에 많은 왜가리 떼들이 부지런히 물속에 있는 작은 먹이를 찾는다. 겨울 동안 닫혀있는 문을 박차고 나가면 눈길이 멈춘 어느 곳에서나 봄을 만난다. 그러나 지금은 찬란한 봄을 맞기엔 마음은 아직도 긴 겨울의 끝자락에 서 있다.

국가적 재난에 국민 모두 노력하여 코로나19가 잠시의 혼란에 그치길 바랄 뿐이다.

2020. 3.

'테스 형' 신드롬

얼마 전 KBS 추석 특집쇼 〈대한민국 어게인 나훈아〉를 보았다. 15년 만에 무대에 오른 나훈아의 출연이라 궁금한 게 많았다. 나이가 꽤 됐을 것 같아 검색하니 만 73세다. 목소리와 외모 관리를 잘해도 세월을 거스를 수는 없을 거라고 생각했는데 그런 생각도 잠깐, 무대 위의 퍼포먼스는 대단했다. 두루마기 한복부터, 민소매 티셔츠, 찢어진 청바지까지, 다양한 의상을 선보이며 '사랑은 눈물의 씨앗' '머나먼 고향' '울긴 왜 울어' '잡초' 등 30여 곡을 열창했다.

70대라고는 믿기지 않는 파워풀한 가창력에 빠져들었다. 나훈아는 "공연하면서 서로 눈도 좀 쳐다보고 오랜만입니다. 손도 잡아야 하는데, 눈빛도 잘 보이지 않고 어쩌면 좋겠노."라고 하며 비대면 공연에 대한 아쉬움을 드러냈다.

나훈아는 공연 중간에 '테스 형'이라는 신곡을 선보였다. 직접 노랫말을 쓰고 작곡했다는 것에 놀랐다. 서양 철학의 현인(賢人)을 대중음악에 끌어들여 접목했고 그를 '테스 형'이라 불렀다. 소크라테스를 '테스 형'으로 부르는 순간, 2400년 전 철학자는 친근한 동네 할아버지로 다가왔다. 소크라테스, 플라톤, 아리스토텔레스. 고대 그리스 철학자 3인 중 하나인 고대 그리스 문명의 중심에 자리 잡은 철학자이고, 무지에의 지각을 일깨워준 사람, 소크라테스. 칠순을 훌쩍 넘긴 나훈아는 삶의 고통을 이렇게 묻고 있다.

"어쩌다가 한바탕 턱 빠지게 웃는다/ 그리고는 그 아픔을 그 웃음에 묻는다/ 그저 와 준 오늘이 고맙기는 하여도/ 죽어도 오고 마는 또 내일이 두렵다/ 아, 테스형 세상이 왜 이래/ 왜 이렇게 힘들어/ 아 테스형 소크라테스형/ 사랑은 또 왜 이래/ 너 자신을 알라며 툭 내뱉고 간 말을 내가 어찌 알겠소, 모르겠소 테스형."

돈과 명예, 사랑, 무엇 하나 부족함이 없을 듯한 삶이, 힘들고 두렵다고 한다. 그도 인간이기에 불안과 두려움이 없지는 않았나 보다. "KBS가 이것저것 눈치 안 보고 정말 국민을 위한 방송이 됐으면 좋겠다."는 쓴소리까지 했다. 고대 철학자를 대중음악과 결합한 신곡 '테스 형'을 들으며 그동안 트로트를 무시하고 싫어했던 내가 미안한 생각까지 들었다.

저서를 단 한 권도 남기지 않은 소크라테스는 상대방에게 질문을 던져 스스로 깨닫게 하는 방법으로 철학을 설파했다. 그는 입버릇처럼 '나는 자신이 아무것도 모른다는 것을 잘 알고 있다. 그래서 지혜를 촉구한다'고 말했다. 이것이 그 유명한 무지(無知)에 대한 자각이다. 소크라테스에게 가장 중요한 것은 그저 살기만 하는 것이 아니라 바로 사는 것이었다. 소크라테스는 돈을 받고 지식을 팔지 않았으며 자신을 '무지한 자'로 불렀다. 소크라테스의 명언으로 알려진 델포이 신전 입구에 기록된 신탁에 다시 한번 귀 기울이게 된다.

"너 자신을 알라."

이번 공연에서 나훈아는 말했다. "자유로운 영혼의 소유자인 나 같은 사람에게 무거운 책임감을 동반하는 훈장 같은 것은 잘 어울리지 않는다. 국민 때문에 목숨 걸었다는 왕이나, 대통령을 본 적이 없다." 나훈아의 이런 소신 발언은 긴 여운을 남기며 정치권에서도 큰 화제가 되었다.

한 명의 가수가 방송을 통해 콘서트 무대를 선보였을 뿐인데. 시청자들은 열광했다. 하나라도 잘해야 하는 세상에 하나조차 제대로 못 하는 사람이 많다. 사람이 꼭 훌륭한 위인이나 유명

인으로 남아야 하는 것은 아니다. 나에게 주어진 길을 제대로 걸어가는 것, 그것부터 해보면 어떨까?

2020. 10.

뜨거운 여름 꽃의 향연

햇볕 쨍쨍한 여름날 고고한 기품 뽐내는 양반 꽃, 능소화. 담이나 건물 벽 혹은 나무에 뿌리가 달라붙으며 하늘을 향해 뻗어가는 주홍색 능소화는 예전에는 고택이나 사찰에 많이 피었다. 요즘은 공원이나 도로변, 산책로, 아파트 단지에도 흔하다. 해질 녘 시골 마을 골목 곳곳에 능소화가 담장을 넘어 바람에 흔들리는 황홀한 풍경은 어둔 곳에 전등불이 들어온 것처럼 환하다. 이글거리는 햇살을 잘 이겨내며 묵묵히 버티다 싱싱한 그 모습 그대로 떨어진다. 시들지 않고 송이째 떨어지는 모습이 처량해 보이기도 한다. 겨울에 동백꽃이 있다면 여름엔 단연 능소화가 있어 무더위로 힘든 일상에 위로를 준다.

우리 아파트 뒤뜰에 오래된 나무들이 베어지고 휑한 공간에 아파트 주민들이 여름에 피는 작고 앙증맞은 들꽃을 심어 예쁜 텃밭 정원이 만들어졌다. 눈에 익숙한 채송화, 맨드라미, 분꽃, 봉숭아 등. 하나는 잘 모르는 꽃이어서 궁금했는데, 친절하게도 '풍접초'라고 적힌 팻말이 붙어 있다. 한 송이 꽃 속에 흰색과 빨강이 섞여 있는, 한눈에 쏙 들어오는 꽃이다. 며칠 전 내린 비로 빼꼼히 고개만 내밀던 채송화가 텃밭 주변을 온통 일곱 색깔 무지갯빛으로 장식했다.

꽃들의 이름을 알게 되면서, 이 작은 풀꽃들에게 의미를 부여하게 된다. 어떤 것은 큰 뿌리를 내려 큰 나무가 되기도 하고, 현란한 꽃을 피워 화려한 정원을 만들기도 한다. 하지만 싹을 제때 피우지 못해 허약하거나 응달 곁에 간신히 피어있는 꽃들도 있다. 눈에 띄지 않아 누군가의 손에 꺾일 염려가 덜하니 오히려 행복할까.

우리 인생은 길가에 피어있는 한 포기 들꽃과 같습니다.
길가의 풀처럼 그냥 살면 됩니다.
삶이 별것 아닌 줄을 알면
도리어 삶이 위대해집니다.
−법정 스님의 '희망 편지' 중 〈들꽃 같은 인생〉

해가 뉘엿 고개를 돌린다. 키 작은 채송화 위에 조그만 하얀 나비가 주변을 맴돌다 살포시 내려앉는다. 하늘이 붉그레해진다. 채송화는 흰나비를 맞이하듯 노을빛에 몸을 맡긴다.

뜨거운 여름날, 들꽃에서 '겸손'을 배운다.

2021.8

살다 보면 살아진다

JTBC '싱 어게인'. 묘한 매력의 프로그램이 하나 등장했다. 세상이 미처 알아보지 못한 실력자, 한때 잘 나갔지만, 지금은 잊힌 비운의 가수 혹은 한 번 더 기회가 필요한 가수들이 대중 앞에 다시 설 수 있도록 돕는 신개념 리프팅 오디션 프로그램이다. 일종의 '패자 부활전'이다. 방송사 오디션 프로그램마다 이미 데뷔했던 가수가 나오는 경우는 종종 있었으나 두 번째 기회가 필요한 사람들을 이렇게 많이 불러 모은 때는 없었다. 장안의 화제였던 드라마 '스카이캐슬' 삽입곡 '위 올 라이'(We All Lie)를 불렀던 가수, TV 광고에 삽입된 전 국민의 귀에 익은 '사랑은 언제나 목마르다'를 부른 가수 등 다양한 출연자들이 나온다.

세상을 살다 보면 결국엔 무엇이든 어떤 이유가 있구나 하고 느낄 때가 많다. '싱 어게인'에 나온 출연자 각자의 사연을 들으며 그런 생각을 많이 한다. 출연자 30호 이승윤(아버지 이재철 목사님)은 10년간, 눈물 젖은 빵을 먹으며 혼자 길 위에서 노래를 부르며 살아왔다. "난, 늘 애매했다. 그렇게 아티스트적이지도 않고 그렇다고 대중적이지도 않고 애매한 경계선에 있는 것 같다. 그래서 오히려 더 많은 걸 대변할 수 있지 않을까 생각한다." 30호 가수는 패자 부활전에서 상대편 가수팀이 탈락 위기에 처하자 무대에서 눈물을 쏟았다. 요즘 같은 오디션 프로그램에서 상대방이 탈락 위기에 놓였다고 우는 건, 처음 보는 신선한 충격이었다. 패러다임에 갇히지 않은 영혼, 그러면서도 성품과 인격과 예의를 존중하는 삶, 이재철 목사님은 그 길을 위해 '자식을 직선이 아니라 원 위에 세우라'고 말한다.

'싱 어게인' 11호 이소정은 이번 톱10 무대에서 '살다 보면'을 열창했다. 영화 '서편제' OST인 이 곡을 이번에 처음 알게 되었다. "넌, 할 수 있어 잘해"라는 얘기보다 "괜찮아. 너무 힘들어 하지 마, 편하게 해~"라며 항상 토닥임을 주었던 엄마를 생각하며 이 노래를 선곡하게 되었고, 연습할 때 슬펐다고 했다. 29세의 나이에 이소정은 판소리 뮤지컬 곡을 자신만의 섬세한 감정으로 애절하게 표현했다. 노래는 조용히 시작했고 감정이 고

조되는 클라이맥스 부분에서는 폭발적인 가창력을 내뿜으며 다시 마지막을 조용히 끝내며 깊이를 더했다. 삶의 쓸쓸함을 온몸으로 토해내는 11호 가수의 노래를 들으며 그리운 어머니 얼굴이 떠올랐다.

　그저 살다 보면 살아진다/ 그 말 무슨 뜻인 줄 몰라도/ 기분이 좋아지는 주문 같아/ 너도 해봐 / 눈을 감고 중얼거려/ 그저 살다 보면 살아진다.

40년 전 아버지 돌아가시고 절망 속에 사신 어머니는 너무나 변해버린 세상인심에 억장이 무너진다며 한탄하셨다. 우리 오 남매 자식들을 품에서 떠나보내고 깃털처럼 가벼워진 어머니. 멍하니 TV 앞에 앉아 흘러간 노래를 듣거나, 식구들 모두 모여 맛있게 차려진 음식 앞에서 "그저 살다 보면 살아진다."라며 눈물만 흘리시던 어머니. 생업에 쫓겨 항상 바쁘다는 핑계로 일 년 중요한 몇 날 빼고는 전화로 안부를 대신할 뿐이었다.

정말 좋은 노래를 이렇게 멋있게 불러준 11호 가수. 때로는 세월을 거슬러 노래 한 곡이 그리움을 쏟아낸다.

동백꽃도 하얀 목련도

추위에 떨며 봄을 기다려보면, 어느새 언 땅속에서 수선화가 얼굴을 내밀고, 이어서 히아신스, 튤립이 핀다. 드디어 봄이 왔다. 그러다 목단, 작약이 피면 벌써 봄은 멀리 달아나고 있다. 3월 하순부터 두 달 동안은 꽃이 피고 지는 설렘과 아쉬움이 교차하는 기다림의 시간이다. 그러나 올봄엔 동백꽃도, 하얀 목련도 마음에 담아 두지 못한 채 그렇게, 3월을 4월을 보냈다.

지루한 장마가 끝나기도 전 말복이 찾아왔다. 잠잠해져 사라지길 바랐던 코로나19가 다시 기승을 부리기 시작했다. 인류의 눈부신 과학 발전에도 불구하고, 티끌보다 수천 배나 작은 바이러스에 인간이 얼마나 나약한 동물인지 여실히 알려 주고 있다. 기후학자들은 코로나19 대 유행 속에 전 세계가 재난을 맞고 있는데, 앞으로 이를 뛰어넘는 자연재해가 발생할 것이라고 경고하기도 한다.

곤돌라로 가득했던 베네치아 운하는 텅 비었고, 바티칸의 텅 빈 베드로 성당을 보며 우리 사회가 얼마나 밀접하게 연결되고 의존하는 관계인가를 보여 준다. 당연했다고 생각했던 일상이 사라지고 나서야 고마움을 깨닫는 순간이다.

일상 속 사소한 변화를 찾기 시작했다. 집 안에만 머무는 생활에 지친 사람들이 경치가 좋은 곳에 차를 세워놓고 집에서 간단하게 싸 온 음식과 보온병에 담은 커피를 마시며 여가를 즐긴다. 이동 수단인 개인 자동차는 집 다음으로 나를 안전하게 지켜주는 전신 마스크가 됐다. 외출할 때 옷을 입는 것처럼 마스크도 입어야 한다. 화장을 안 해도 되니 시간에 쫓길 일도 없다. 마스크가 일상이 되면서 내가 생각한 만큼, 남이 나에게 신경 쓰지 않음을 알고 살아온 세월이 허무함을 느낀다. 남들의 시선에서 벗어나니 조용히 자신에게 집중하는 시간도 늘어난다. 있는 그대로의 모습에 자신감을 느낀다.

어느 가게 앞에 '마음은 가까이, 거리는 멀리'란 안내문을 보았다. 사회적 거리 두기를 강조하다 보니 마음의 거리도 너무 멀어지는 것 아닌가 걱정된다. 이제는 '한번 놀러 와' '얼굴 한번 보자'라는 말이 부담스러운 권유로 들린다.

부자유 속에서 깨달음도 많았다. 바쁘게만 살던 우리 일상이, 바쁜 걸음을 잠시 멈추게 한다. 길을 오가다 보면 문 닫는 점포가 갈수록 늘어난다. 지난겨울 신장개업한 그 식당 문 앞에서 일부러 떨어져 걸어간다. 나를 손님으로 오인하는 주인의 눈길이 나를 슬프게 한다. 이 시기가 지나고 2020년 봄을 생각하면 나는 어떤 말을 하게 될까?

2020. 3.

기후야 변하지 마, 내가 변할게!

　설날이 다가오자 쓰레기가 산더미처럼 쌓였다. 오늘도 택배 트럭은 내용물보다 포장재의 부피가 큰 상자 꾸러미들을 아파트 관리실 앞에 토하듯 쏟아내고 간다. 도로를 점령하고 있는 배달 라이더들은 일회용 용기에 담긴 음식물을 집마다 나르느라 정신이 없다. 내일도 오늘만큼 쓰레기는 쌓일 것이다.

　우리 아파트에서는 정해진 요일에 음식 쓰레기와 재활용, 일반 쓰레기로 분리수거를 한다. 집에 있는 우산이 망가져 분리 배출하려는데 우산살은 쇠고 나머지는 천 조각이니 어디에 버려야 할지 난감했다. 고민하다 그냥 밑에 따로 놔두었다. 잘못 분류해서 버리는 것보다는 나을 것 같았다. 필요에 의해 사들인 물건이 고장 나거나 수명이 다해 폐기 처분될 때 추하고 허망하다는 생각이 든다.

택배 상자에는 식품의 신선도를 유지하기 위해 아이스 팩이 들어 있다. 개수가 점차 늘어나, 버리는데 조심해야 한다. 손에 대면 얼얼하고 따가워 장갑을 낀 채 얼른 덩어리 그대로 종량제 봉투에 넣는다. 처음에는 잘 몰라 뜯어서 싱크대에 버렸더니 녹지 않고 그대로 있었다. 알고 보니 미세한 플라스틱이 녹지 않고 그대로 바다에 흘러들어 해양 생태계를 파괴시킨다고 한다. 재활용 쓰레기를 제대로 분리한다고 해도 실제 재생의 기쁨을 나눌 수 있는 제품은 얼마나 될까. 쓰레기는 버리는 사람도, 치우는 사람도 어떻게 다뤄야 하는지 잘 알지 못하는 '낯선 존재' 다.

배달시킨 물건이 문 앞에 와 있으면 도착하기까지 노동의 수고로움을 우리는 잊는다. 물건을 담아 포장하고 배달될 때까지 분명 사람이 일했는데 물건만 집 앞에 덩그러니 있다. 세상 참 편해졌다고 생각하다가도 한편으론 내가 환경오염의 주범이라는 생각이 든다.

비 오는 날은 싱싱한 해산물이 가득한 짬뽕의 유혹을 뿌리칠 수 없다. 커다란 스티로폼 그릇에 담겨온 뜨거운 국물이 걱정도 되지만 얼른 큰 접시에 옮겨 맛있게 먹는다. 일회용 그릇을 쓰레기봉투에 담으며 이 세상에 끊임없이 쓰레기를 만들어내고 있다는 자책감이 든다. 몇 년 전만 해도 배달 음식, 특히 중화요리는 일회용 용기 대신, 플라스틱 그릇을 사용해 먹고 난 후 집밖에 내어놓으면 다시 수거해갔는데, 지금은 옛일이 되어버렸다. 외국인들이 한국에서 가장 인상 깊었던 것 중 하나로 택배와 배달 문화를 꼽고 있다. 듣기 좋은 얘기만은 아닌 것 같다.

20세기 초 TS 엘리엇은 당시 '황무지'에서 이렇게 템스강을 묘사한다. "강물 위엔 빈 병도, 샌드위치 쌌던 종이도, 명주 손수건도, 마분지 상자도, 담배꽁초도 그 밖의 다른 여름밤의 증거품, 아무것도 없다. 님프들은 떠나갔다." 이 구절은 템스강변에서의 여름밤을 강변의 쓰레기를 통해 추억하고 있다.

우리가 버린 쓰레기가 눈앞에서 사라진다고 해도 완전히 해결되지는 않는다. 일 년이면 엄청난 숫자의 쓰레기 산이 생긴다고 한다. 기후 위기를 극복하기 위해서라도 덜 쓰고 덜 버리는 지혜가 필요한 요즘 세상, 생산자와 소비자 모두 그렇게 행복해 보이지는 않는다.

홍수 때면, 산더미처럼 떠밀려오는 온갖 쓰레기들을 보며, 불편했지만 단출했던 옛날 살림살이를 떠올려본다.

올봄 벚꽃 엔딩은

3월은 겨울도 아니고 봄도 아닌, 계절이 공존하는 시기다. 두툼한 외투를 걸치거나, 몸맵시 뽐내며 한껏 멋을 내긴 부담스럽게 느껴지는 계절. 그러나 만물이 소생하는 봄, 여성들이 사치와 허영을 한 번쯤 누려보고 싶은 계절이다. 집을 나설 때까지 고민은 계속된다.

거리를 나서는 순간, 작은 꽃집 곳곳엔 저마다의 화사한 꽃들로 가득하다. 자연의 색깔로 아름다움을 뽐내는 꽃. 이 꽃도 저 꽃도 다 예쁘다. 코로나로 의기소침해 있는 우리에게 '봄은 반드시 오고야 만다'는 희망을 외치는 듯하다. 그러나 꽃을 보는 우리의 눈보다 혀가 더 민감한 것 같다. 이즈음엔 묵은김치보다 봄동의 상큼한 맛에 더 끌리는 것처럼.

세상에 흔들리는 마음에 지칠 대로 지친 사람들은 기도와 명상으로 마음을 지키려 애쓴다. 엎어지면 코 닿을 거리인 분리수거 하는 곳까지도 걷기 싫어하면서 산티아고 순례길에는 열광한다. 우리나라 곳곳 너무도 모르는 곳이 많음에도 밖으로만 멀리 나가고 싶어 했다. 지금은 이름난 관광지나 풍광 좋은 곳을 찾아 떠나기보다 가까운 곳에 있는 소박하지만 편안한 흙길을 걸어보고 싶다. 있는 그대로의 순박한 사람살이에 뛰어들어 그들과 소통하는 여행을 하고 싶다. 그러나 희망 사항일 뿐 몸이 따라 주지 않는다. 이제는 순리에 따르며 나 혼자 침잠할 수 있는 조그만 옹달샘이 있는 조용한 오솔길이면 더욱 좋다. 낮은 벤치에 앉아 장영희 에세이 '문학의 숲을 거닐다'를 정독하면서.

인생의 빛깔은 나이 따라 변한다. 안타깝고 발만 동동 구르던 시절도 지나 보면 왜 그랬나 싶다. 젊어서는 잠을 설치며 이 생각 저 생각했지만, 이제는 시간이 해결해 준다는 것을 알게 되고 내가 손해를 조금 보면 된다는 생각이 들어 문제 앞에서도 여유가 생긴다. 사납던 욕심이 세월 앞에 자꾸 머쓱해진다. 소유로 인해 행복해질 수 없다는 것을 살다 보니 알게 되었다.

봄이면 많이 들려오는 노래 중 하나가 버스커 버스커의 '벚꽃 엔딩'. 가사는 로맨틱하고 선율은 산들바람처럼 부드럽다. 하지만 곧 다가올 분위기에 녹아들지 의문이다.

이번 '벚꽃 엔딩은 어떻게 끝날까. 조금 슬플 것 같다.

2020. 3.

살다 보면

카트를 가득 채운 사람들 중
바로 내 앞에 있는 카트는 가벼워 보였다.
내 순서가 빨라지니 좋았다.
무심코 카트 속의 상품을 보고 놀랐다.
할아버지가 올려놓은 물건은
빵과 우유, 사발면 그리고 막걸리가 다였다.
70대 후반의 홀로 사는 할아버지 모습이었다.
– 본문 중에서

사라지는 것들

　나는 새 물건보다 세월의 흔적이 묻어있는 옛 물건을 더 좋아한다. 신혼살림 때 장만한 12자 갈색 티크 장롱과 좌식 화장대가 안방 한가운데 자리하고 있다. 이사 다니면서 흠집이 나고 색깔도 변해 편리한 붙박이장으로 교체할까 생각도 해 봤지만, 아파트 쓰레기장 옆에 한참 동안 버려져 있을 장롱을 생각하니 마음이 아파 바꿀 수 없었다. 리폼 가구업체에 의뢰해 컬러를 아이보리색으로 칠하고 수납공간과 손잡이를 모던한 것으로 바꿨더니 밝고 환한 장롱으로 변신했다. 오랜 세월 함께 있어 정이 들고 옛날을 회상하는 그리움의 원천이 되기도 한다.

　자동차를 바꿀 때는 항상 마음이 아팠다. 바퀴가 다리보다 더 중요한 요즘 세상, 도시에 살면서 뚜벅이로는 살 수 없으니 자동차는 항상 나의 든든한 동반자였다. 유행이 지나 차를 바꾼 적은 없다. 성능이 다해 위험신호가 오면 교체를 했다. 3년 전 새 차로 바꾸면서 10여 년 묵묵히 내 곁을 지켜준 차를 떠나보낸 날, 아파트 주차장에 무심히 서 있는 차 앞에서 한없이 눈물이 나왔다. 연식이 오래되어 동남아로 팔려나간다고 했다. 다시는 볼 수 없다는 생각에 핸드폰에 여러 각도로 방향을 잡아 찍고 또 찍었다. 나이 듦이 이런 것일까. 내 옆에서 사라져 가는 모든 것들이 슬픔으로 다가온다.

TV채널을 돌리다 김영철의 '동네 한 바퀴'라는 프로그램을 보았다. 유명한 명소도 관광지도 아닌 평범한 사람들의 삶의 터전을 소개하면서 최선의 삶을 살아온 이웃들의 가슴 뭉클한 사연들을 소개한다. 이번에는 면목동과 망우동 일대를 소개했다. 요즘은 거의 사라진 국수 공장을 지키는 노부부의 애틋한 사연이다. 오전에 밀가루 반죽을 하여 기계로 뽑아낸 면을 대나무 발에 널고 바람이 잘 통하는 양지바른 곳에 3~4일 정도 잘 말려 상품으로 판매되는 완성품이 가게 내부에 진열되어 있었다. 소박한 국수 다발 뒤에 숨어있는 성실함의 무게가 느껴지며 저절로 고개가 숙여진다. 팔십이 넘으신 할아버지는 오십 년 이상을 함께한 국수 기계 앞에서 자기가 죽으면 이 기계도 사라질 것을 슬퍼하며 한없이 눈물을 흘리셨다. 마트에 가면 상품화되어 진열된 소면 중면을 쉽게 살 수 있지만, 이런 전통 방식을 고집하고 있는 공장이 아직도 남아 있다는 게 감사하다. 국수 공장이 방송을 타면서 더 잘 팔려 슬픈 할아버지의 마음이 위로받을 수 있기를 바란다.

글로벌, 최첨단, 인공 지능, 4차 산업 등 갈수록 빠른 속도로 치닫고 있는 요즘 세상. 아날로그적인 삶을 살 수는 없는 걸까. 새롭게 적응해야 하는 것들이 너무 많다는 것에 좌절한다. 시대에 뒤처지지 않을 정도의 수준에 만족하며 살아가는 삶이 나에게는 최선의 삶이 아닐까.

2020.

밥과 빵의 문제

마트 지하 식품관에 수요 장날이라 유난히 사람들이 많았다. 모처럼 들른 식품관에는 세일 품목에 눈 돌리는 사람들로 북적거렸다. 나도 필요한 물건을 담아 계산대를 찾으니 계산대마다 긴 줄이 늘어 서 있다. 그중 줄이 적은 곳을 찾아 카트를 옮겼다. 카트를 가득 채운 사람들 중 바로 내 앞에 있는 카트는 가벼워 보였다. 내 순서가 빨라지니 좋았다. 무심코 카트 속의 상품을 보고 놀랐다. 할아버지가 올려놓은 물건은 빵과 우유, 사발면 그리고 막걸리가 다였다. 70대 후반의 홀로 사는 할아버지 모습이었다.

그날따라 중년 주부들의 카트는 넘치도록 꽉 차 있었다. 집에 돌아와 마트에서 사 온 많은 식품을 정리하면서 밥 대신 빵과 우유를 들고 계실 할아버지 모습이 떠올라 괜히 미안한 마음이다. 할머니를 먼저 떠나보내고 자식은 없는 걸까. 나이 든 할아버지가 겪게 되는 제일 큰 문제는 하루 세 끼 식사 문제이다. 혼자서 밥도 하고 설거지도 하고, 간단한 반찬도 장만하고, 찌개도 끓일 수 있는 능력을 갖추지 않으면, 혼자 사는 생활이 몹시 불편하다. 전기밥솥도 필요 없고 설거지도 필요 없고 반찬도 필요 없이 며칠을 먹을 수 있는 게 빵이다. 마누라 눈치 보지 않고 비굴해지지 않으려면 자주 부엌에 드나들며 밥과 반찬 몇 가지는 터득해야 할 일이다. 혼자 사는 할아버지들이 아플 때는 괴롭다고 하지 않고 외롭다고 말한다고 한다. 아파서 손길이 필요할 때 곁에 아무도 없다는 것이다. 그저 고단한 육신을 침대에 뉘고 힘겹게 하루를 마무리하는 것이다.

은퇴 후 남자들은 자신의 부재로 곤란한 집안일이 전혀 없다는 것. 가장이 무슨 생각을 하는지, 가족 누구도 관심을 두지 않는다는 것을 깨닫는다. 더구나 자녀들의 독립으로 문제는 더욱 심각해진다.

살아서 자식들을 거둬야만 했던 부모님을 생각한다. 부모가 된다는 것은 죽는 순간까지 자식이라는 열매를 맺고 무덤으로 가는 것이다. 부모는 평생 뭉칫돈을 벌어 자식에게 다 내어주고, 늙어 자식으로부터 작은 봉투 하나 받는 것을 두고두고 미안해하고 눈시울을 적신다. 살아생전 집 한 채라도 마련해 줘야 편안히 눈 감을 수 있다. 무한 사랑이다.

나를 돌아본다. 인생의 목적이 무언지, 내가 정말 좋아하는 게 뭔지도 모르고 그냥 열심히 사는 척했다. 아이를 낳고 교육을 해도 무엇이 좋은지도 모르고 그저 '공부 잘하라'고만 닦달해 온 나 자신을 반성한다. 김도향 가수의 '난 참 바보처럼 살았군요'라는 노래가 있다. "어느 날 낙엽 지는 소리에 갑자기 텅 빈 내 마음을 보았죠. 그냥 그렇게 흘러 버린 그런 세월을 느낀 거죠…. 난 참 바보처럼 살았군요." 날마다 꽉 차게 살아도 모자란 시간, 대충대충 살았으니 바보처럼 산 게 맞나 보다.

7월의 늦은 장마로 내 마음은 더욱 쓸쓸하다.

2021. 7.

"라떼는 말이야"

'라떼는 말이야', 요즘 TV만 틀면 나오는 말. 사회나 인생의 선배가 '잘 들어, 나 때는 말이야'라고 말하는 것을 풍자한 것이다. 진심 어린 조언이 때때로 '니들이 뭘 알아'가 되어 젊은이들을 질리게 하는 모양이다. 어른들의 과거 이야기는 젊은이들에게는 자기 자랑이자 일방적인 이야기로밖에 들리지 않는다. 꼰대 취급당하지 않고 존경받는 어른이 되려면 자신의 존재를 과시해 억지로 인정받는 것이 아니라 그들을 이해하고 응원하는 소통 방식을 택해야 할 것이다.

'젊어서 고생은 돈 받고도 안 한다.' '나이 들면 지갑은 열고 입은 닫아라.' 같은 신세대의 쿨 하고 뼈 때리는 말. 요즘 신세대는 새로운 경제, 사회 주도층으로 떠오른 밀레니엄 세대로,

앞선 세대와 달리 IT와 모바일 환경에 익숙하고 정보 검색과 재테크에도 밝다. 치열한 경쟁을 거쳐 온 세대인 만큼 일과 삶의 균형을 찾고 현재의 소소한 행복을 즐기는 것을 중요시한다.

요즘 브런치(Brunch)에 들어가 젊은이들의 글을 읽는데, 소재가 너무 비현실적이고 섬찟한 느낌이 들었다. 이런 글을 왜 쓰는지 궁금했다. 제목을 통해 요즘 젊은이들의 삶을 유추해본다. 〈하마터면 열심히 살 뻔했다〉〈죽고 싶지만, 떡볶이는 먹고 싶다〉. 그중 2018년 〈하마터면 열심히 살 뻔했다〉라는 제목의 책이 베스트셀러가 되어 어른들에게는 적지 않은 충격을 주었다고 한다. 이 책의 메시지를 생각해봤다. 이 책이 거부하는 것은 무엇보다 '노력의 배신'이며 열심히 내 인생을 살기 위해 더 이상 열심히 살지 않기로 했다. "좋은 대학, 좋은 직장, 결혼하고 아이를 낳아야 비로소 진정한 어른이 되고, 보험과 저축, 적금, 집, 자동차 등도 이 나이가 되면 이 정도는 챙겨야 한다."는 기성세대의 '인생 매뉴얼'을 거부한다는 이야기이다. 가벼움이 무거움보다 더 강력하다는 것. 요즘 젊은이들은 우리가 쓴 글은 안 읽겠구나 하는 절망적인 생각이 든다.

'라떼는 말이야'로 비틀어 꼬집는 이야기를 들으며 웃지만,

'라떼' 타령을 하지 않으려고 해도 내 생각이나 상식은 이미 '라 떼'다. 언어도 진화한다지만 그 속도가 너무 빠르다. 온라인으로 화장품을 주문할 때면, 적어야 하는 항목이 너무 많고 알아들을 수 없는 말이 넘쳐난다. 주문을 포기하고 매장으로 향한다. 젊은이들이 좋아하는 빠른 노래 가사가 들리지 않는다.

내가 따라가지 못하는 세상의 변화가 무섭게 느껴진다. 알아야 할 것이 너무 많고 새로 배워야 할 것이 넘친다. 소리 없이 디지털 문맹이 되어 도태될 것 같다. 꼰대도, 라떼도 되지 않으려면 부단히 노력해보려는 모습이라도 보여야 할 때다.

≪아버지의 정원≫에 담긴 이야기
-제자리로 돌아가는 풍경

얼마 전 KBS 다큐멘터리 '아버지의 정원'을 보았다. 최고의 법관 자리에서 은퇴한 후 자연으로 돌아가 꽃과 나무를 심는 이흥훈 전 대법관의 이야기이다.

10년째 공들여 가꾸고 있는 그의 정원은 화려하지 않은 자연 그대로의 소박한 모습이다. 좀 더 사회구현에 이바지할 시간을 갖지 않고 정원을 꾸며 자연으로 돌아가려 한 것이 조금은 놀랍고 낯설었다. 비 오는 날 부인과 마루에 앉아 하염없이 떨어지는 낙숫물 소리 들으며 지난날을 회상한다. "그래도 잘 살았죠. 서울 가서 촌놈이" 이 한마디를 듣는 순간 어쩌면 그에게는 당연한 일이겠다 싶었다.

농가 주택 앞마당에는 포근하고 예쁜 생태 연못이 만들어졌고 하루하루가 상상을 초월할 만큼 힘들고 어려운 일인데도, 나무와 꽃, 풀, 고양이, 나비와 벌 등 자연과 친구가 되어 살아간다. 가을이 되면 솔밭 가득 구절초가 한창 피어있는 아버지의 명상 정원, 봄 수선화, 여름 정원을 빛내주는 보라색 털실을 뭉쳐놓듯 피어있는 리아트리스가 흐트러지는 엄마의 구근정원, 치유의 정원을 꿈꾸는 큰딸 유진 씨의 허브정원, 가족의 역사와 치유가 담긴 '아버지의 정원'을 봄 여름 가을 겨울 일 년에 걸쳐 카메라에 담았다.

퇴임 후 큰 병을 얻은 아버지, 희귀병과 싸우는 큰딸과 함께 꽃 돌보는 일에 빠져 하루를 인생의 전부라 여기며 살고 있다. 세상 어느 부부보다 행복해 보이는 부부, 나직하고 정감 넘치는 그의 목소리에 가슴이 먹먹했다. 미술을 전공한 작은 딸이 낙엽 지는 정원 벤치에 앉아 있는 아버지의 등을 보며 그림 그리는 모습, 앞모습이 아닌 뒷모습에서 더욱 애잔한 사랑이 깊어 보인다. 눈시울을 붉히며 딸은 말한다. "10년 후 20년 후가 지나도 아버지의 인생 정원인 이곳이 내가 제자리로 돌아가는 풍경이라고 말한다. 대학 동기였던 아내는 남편의 담도암 판정을 받고 한 번도 울지 않았다고 한다. 울음 섞인 목소리로 담담하게 내뱉는 말에 가슴이 더 아팠다.

배고파 매일 찾아오는 많은 들고양이를 반기며 온화한 웃음으로 밥을 주고 있는 두 부부의 천사 같은 모습. 10년을 함께해

온 반려견과 함께 조용한 숲길을 걸으며 벤치에 앉아 명상하시는 모습. 리아트리스, 참나리, 수선화, 산수국, 봄까치꽃 등 수많은 꽃이 피어난 향기 가득한 봄날 정원도 좋지만, 사계의 계절 중 모든 것이 하얗게 덮인 겨울, 아버지의 정원이 더욱 가슴에 들어와 눈을 뗄 수 없다. 또 한 해를 잘 넘겼구나 하는 아버지의 염원과 함께.

살아 있는 모든 것들의 소중함을 꽃과 나무를 가꾸면서 알게 되었다는 자연을 닮은 아버지의 정원. 프로그램 말미에 '그의 쾌유를 기원한다'는 자막이 떠, 나도 함께 응원하며 간절한 기도가 나왔다.

며칠 전 인터넷 뉴스에 이흥훈 전 대법관님이 별세하셨다는 기사를 봤다. '우리나라 민사소송법의 대가이신 선생님, 영·호남을 아우르며 평생 사회적 약자와 함께하는 정의로운 사회를 위해 헌신하셨다.'라는 자막도 함께.

이렇게 빨리 비보를 들을 줄 몰랐다. 다큐영상을 본 지 두 달도 채 안 되었다. 너무 안타깝다. 지금도 향기를 내뿜고 있을 꽃들과 매만지던 흙. 그분의 소중한 자연이 눈에 아른거린다.

삼가 고인의 명복을 빈다.

2021. 7.

옷장을 정리하며

계절이 바뀔 때마다 옷장 앞에 서면 '입을 옷이 없네, 작년엔 도대체 뭘 입었지?' 하는 탄식이 절로 나온다. 하지만 그런 말이 무색하게 안방 옷장이나 다른 모든 수납공간에는 온통 내 옷들로 가득하다. 계절별 옷 몇 벌로 불만 없이 지내는 남편에게 미안하고 고마운 마음이다. 겨울옷은 종류가 많지 않아 쉽게 정리가 되는데, 간절기 옷이나 봄 여름 가벼운 옷들은 뒤섞여 있어 애를 먹는다. 한 계절이 다 가도록 한 번도 입지 않는 옷을 다시 집어넣으며 꼭 필요한 것만 사자, 좀 비싸더라도 품위 있고 유행 타지 않는 오래 입을 수 있는 옷을 사자고 다짐한다. 옷장을 열어 찬찬히 훑어보니 두꺼운 옷 사이에 끼어 옷 모양새도 변한 채, 자리만 차지한 옷도 꽤 많았다. 다림질이 필요한 옷은 귀찮아 손도 대지 않은 옷이 색깔이 누렇게 변해있었다.

클릭 몇 번으로 무엇이든 살 수 있는 편리함 때문에, 맘에 들면 색깔별로 맞추고 미리 더 사 두어 옷이 턱없이 늘어났다. 어떤 옷들이 있는지도 모르고 옷장은 점점 더 비좁아진다. 특히 바지 종류는 재질과 스타일이 조금씩 달라 검은색으로만 열 개가 넘는다. 검은색이 많은 것은 나이에 상관없이 입을 수 있고 어느 색과도 어울리고, 절제, 겸양, 애도. 섹시함. 모든 걸 표현하는 색이어서일까.

코로나19로 외출을 안 하다 보니 더 옷을 살 필요가 없어졌다. 백화점을 안 가게 되니 쇼핑이 시들해졌다. 쇼핑도 심리적이라는 생각이 든다. 다 입지도 못할 옷을 왜 바쁜 시간 틈내어 쇼핑몰을 헤매고 다니며 에너지와 시간을 쏟았을까. 갖고 있는 옷을 잘 활용해 입으니 멋도 나고 지출이 줄어 일석이조다.

화장을 안 하고 마스크 하나만 쓰면 되니 가까운 거리의 외출이 간편해졌다. 단골도 바뀌어 동네 미장원과 안경원이 단골이 되었다. 그냥 지나치던 옷 가게에도 들러 따뜻해 보이는 울 스웨터를 샀다. 이렇게 느긋한 마음으로 옷을 살 수도 있다니. 집으로 향하는 발걸음이 가볍다. 심플하고 편안한 울 스웨터는 나에게 명품이 될 것 같다.

이제는 옷장을 가볍게 비우는 일만 남았다. 버리지 못하고 움켜쥐고만 살았다. 옷장을 열면 사계절 옷이 눈에 확연히 들어오는 단출한 옷장.

마음도 가볍게, 새로운 노년의 플랜을 짜보는 것이다.

2021.

≪흙 속에 저 바람 속에≫를 다시 읽으며

문학평론가 이어령이 1963년 펴낸 에세이집 '흙 속에 저 바람 속에'를 오랜만에 다시 꺼내 읽어 본다.

이 책이 출판된 1960년대는 나라를 되찾고 전쟁의 참화를 겪은 뒤, 새 출발하던 시기였다. 모두가 하루하루 힘겨운 삶을 이어 가던 시대의 짙은 그늘을 느낄 수 있다. 서장에는 그 시대의 민낯이 그려져 있다.

이지러진 초가의 지붕 돌담과 깨어진 비석, 미루나무가 서 있는 냇가, 서낭당, 버려진 무덤들, 그리고 말풀, 보리밭…. 정적한 풍경이다. 숭늉과 막걸리에서도 한국인의 기질을 본다. "어렴풋한 것, 수수한 것, 딱 부러지게 쪼갤 수 없는 그런 정감을 좋아한다. 숭늉처럼 뜨겁지도 않고 차지도 않는 삶이었다. 막걸리처럼 술도 맹물도 아닌 역사였다. 그러면서도 결코 누구도 빼앗을 수 없는 은은한 여운이 염원으로 향하고 있다…. 그것이 있었기에 저 거센 대륙의 한구석에서도 수천 년을 버티고 살아 있는지도 모른다."

청년 이어령이 우리 문화를 들여다보면서 무엇에 분노하고 좌절했는지, 무엇에서 희망의 싹을 발견했는지를 알 수 있다. 그동안 우리 사회는 숱한 역경을 극복하면서 기적적인 발전을 이뤘지만, 그 과정에서 많은 문제를 만들어내기도 했다. 지금 우리가 그 문제들을 돌아보고 아파해야 할 때인 것 같다. 강대국에 의한 침략과 핍박의 역사. 40년 전 한국을 이야기하는 저자의 글에서 애잔함이 묻어난다. 책을 읽어나가며 60년 전의 한국 사회보다는 현재의 한국 사회, 또 한국인들의 시민의식이 많이 세련되어졌고 크게 개선된 것 같아 뿌듯한 기분도 들었다. 앞으로 60년 후의 세상은 또 얼마나 달라져 갈지 궁금해진다.

언어의 거인, 벼랑 끝에서도 늘 우물 찾는 기쁨을 목격하게 해 준 우리 시대의 어른. 지금 암 투병 중이신 선생님. "내가 느끼는 죽음은 마른 대지를 적시는 소낙비나, 조용히 떨어지는 단풍잎이에요. 때가 되었구나, 겨울이 오고 있구나…. 죽음이 계절처럼 오고 있구나." 원래 내 것이 아니니 돌려보낸다고 하셨다. 죽는다고 하지 않고 돌아간다고 하셨다. 이토록 가슴에 박힌 아름다운 우리말이 또 있을까.

2019년 암 투병을 세상에 알리고 별다른 치료 없이 집필에 몰두해 온 이어령 선생님. "어떤 고통이 와도 글을 쓰고 싶다. 그 의지가 나를 살게 할 것"이라고 했다.

어른이 점점 없어지는 노령화 사회에서 존경하는 한 어른이 담담하게 죽음을 준비하고 계신다. 무거운 짐 내려놓으시고 평온한 삶의 마무리를 기원한다.

2021.

오늘만이라도

창밖으로 보이는 겨울 풍경은 여백이다. 가을까지 아름다운 풍광을 보여 준 나무들은 이파리를 다 떨구고 힘들게 겨울을 버티고 있다. 며칠 전 아파트 관리실에서 나무가 너무 많이 자라 외관상 안 좋다고 나무들의 가지를 싹둑 잘라냈다. 바닥에 널브러진 가지들을 보며 참담한 마음이었다. 나무들과 제일 근접한 위치에 있는 입주민의 의견을 물어봤으면 좋지 않았을까? 무심한 채 기계적으로 가지치기를 하는 작업을 보며 겨울나무 같은 쓸쓸함을 느낀다.

아침이면 차 한 잔 마신 후 인터넷으로 뉴스를 접한다. 정치 경제는 곁눈질로 지나치고 마음 따뜻한 뉴스를 찾아 헤맨다. 그런데 가끔은 뉴스를 듣거나, 어떤 책을 펼치는 것이, 누군가가 처한 상황을 인지하는 순간, 무서울 때가 있다. '방배동 모자사건'이라는 제목을 읽고 한 줄 읽어 내려가다 더 이상 뉴스 열어보기를 포기했다. 나중에 TV 뉴스를 통해 듣게 되었다. 서초구 방배동 한 다세대 주택에서 60대 여성이 숨진 지 6개월 만에 발견되었다. 발달장애인 아들은 숨진 어머니 곁을 지키다 집에 전기가 끊기고 식량이 떨어지자 길거리 노숙을 시작하다 어느 사회복지사에 의해 집을 찾았다고 한다. 발달장애아들을 두고 장애를 판정받을 비용조차 없어 극빈 속에 목숨을 거둔 어머니의 이야기다. 나 혼자서는 어쩌지도 못할 이 사회의 문제로 인해 무거운 마음이 들지만, 시간이 지나면 금방 잊혀지고 만다.

올해도 농장엔 조류 인플루엔자(AI)가 창궐해서 오리 몇천 마리가 땅에 묻혔다 한다. 무심하게 그냥 그랬구나 하다가 확 소름이 끼쳤다. 인간을 위해 사육된 살아있는 생명체가 숫자로 기록되며 살아 있는 숫자들은 구덩이에 던져지고 발버둥 치는 숫자 위에 흙덩이로 덮어버려 고요해진 무덤. 그날 밤, 뉴스에선 타격을 입은 농장주 상황과 앞으로도 계속 주시해야 한다고 말한다. 자주 보도되는 구제역과 아프리카 돼지 열병 등 인간에게는 숫자로만 존재하는 목숨이 이렇게나 많았던가. 지금은 코로나19로 사람도 매일 숫자로 기록된다. 눈덩이처럼 불어나는 확진자, 격리 해제, 중증 위험 환자, 그리고 사망자 수를 눈으로 확인한다.

오늘도, '택배 기사, 새벽 배송하다 의식 불명'이라는 기사가 눈에 들어온다. 택배 회사는 과로 방지 대책을 차질 없이 이행해 택배 기사 근무 환경개선 및 건강관리에 최선을 다하겠다는 영혼 없는 말뿐이다. 코로나19로 마트 가는 것을 줄이고 택배에 많이 의존하게 된다. 택배 노동자의 살인적인 작업량을 기사로 접하면서 부피가 큰 화장지나 아이스 팩 넣은 냉동식품을 받을 때면 감사함과 미안함이 교차한다.

내년이라고 해서 뭐 다를까 싶기도 하다. 그러나 특히 올해는 코로나19로 고통스럽고 절망적이고 화나는 일뿐인 것 같아도 대구 키다리 아저씨는 올해도 5천만 원을 내놓으며 '10년 익명 기부(총 10억3천만 원)' 약속을 지켰다. 이렇게 한결같이 기부를 할 수 있었던 것은 늘 수입의 1/3을 기부 몫으로 떼어 놓고 사업의 어려움을 겪을 때마다 기부할 돈을 회사 살리는 데 쓰라는 권유에도 '내 몫이 아니다.'라고 생각했다고 한다. 키다리 아저씨는 내년부터는 다른 단체로 옮겨 기부하는 즐거움을 계속 나눌 것이라고 밝혔다. 강릉의 아주머니는 빈 병 수집으로 모은 215만 원을 파출소에 말없이 놓고 갔다. 아파트 화재 현장에서 3명의 목숨을 구하고도 더 구조하지 못했음을 자책하며 울먹인

사다리차 기사도 있었다.

지난 어둔 밤에 빛나던 별빛을 만난 것 같은 성스러움을 느낀다.

수많은 힘든 날을 지나 오늘은 성탄절 전야. 복되고 평화로운 날이다. 오늘만이라도 마음 따뜻한 이야기와 즐거웠던 기억을 떠올리고 싶다.

2020. 12.

감사의 글

저녁 늦은 시간, 책상 앞에 앉아 사유하는
이 시간이 참으로 행복하다.
소중한 인연이 된 고마운 사람들이 많다.
문학의 길로 이끌어 주신 박상률 교수님과 글벗들에게
감사함을 전한다.
책을 내기까지 세심한 배려와 독려를 주신
선우미디어 이선우 선생님께도 감사드린다.
옆에서 묵묵히 응원해 준
남편에게 고마움을 전한다.

김 정 희 수 필 집

동화였을까, 그 봄날이